余秋雨定稿合集

文化苦旅
千年一叹
行者无疆

中国文脉
君子之道
修行三阶
极品美学

老子通释
周易简释
佛典译释
文典译写
山川翰墨

借我一生
门孔
暮天归思
余之诗
冰河（小说及剧本）
空岛·信客（小说）

世界戏剧学
中国戏剧史
观众心理学
艺术创造学

北大授课
境外演讲
台湾论学

附集：语录和文辑
大美可追（余秋雨的文化美学）
内在的星空（余秋雨人文创想）

诗之光

余秀华 著

MY POEMS

北京联合出版公司
Beijing United Publishing Co.,Ltd.

余秋雨简介

中国当代文学家、美学家、史学家、探险家。

一九四六年八月生，浙江人。早在"文革"灾难时期，针对以"样板戏"为旗号的文化极端主义，勇敢地潜入外文书库建立了《世界戏剧学》的宏大构架。灾难方过，及时出版，至今三十余年仍是这一领域的权威教材。

二十世纪八十年代中期，因三度全院民意测验皆位列第一，被推举为上海戏剧学院院长，并出任上海市中文专业教授评审组组长，兼艺术专业教授评审组组长。曾任复旦大学美学博士答辩委员会主席、南京大学戏剧博士答辩委员会主席。获"国家级突出贡献专家"、"上海十大高教精英"、"中国最值得尊敬的文化人物"等荣誉称号。

在担任高校领导职务六年之后，连续二十三次的辞职终于成功，开始孤身一人寻访中华文明被埋没的重要遗址。所写作品，往往一发表就哄传社会各界，既激发了对"集体文化身份"的确认，又开创了"文化大散文"的一代文体。李光耀先生说："二十世纪后期，海外华人重新对中华文化产生感动，主要是由于余秋雨先生的书。"

二十世纪末，冒着生命危险贴地穿越数万公里考察了巴比伦文明、克里特文明、希伯来文明、阿拉伯文明、印度文明、波斯文明等一系列重要的文化遗址。他是迄今全球唯一完成此举的人文学者，一路上对当代世界文明做出了全新思考和紧迫提醒，在海内外引起广泛关注，被国际媒体选为"跨世纪十大国际人物"之一。

他所写的大量书籍，长期位居全球华文书排行榜前列。在台湾，他囊括了白金作家奖、桂冠文学家奖、读书人最佳书奖等多个文学大奖。在大陆，获鲁迅文学奖、全国优秀教材一等奖、上海文学艺术大奖。前些年，上海市民海选"改革开放三十年影响最大的一本文学书"，结果是《文化苦旅》。多年来有不少报刊频频向全国不同年龄的读者调查"谁是你最喜爱的当代写作人"，他每一次都名列前茅。二〇一八年他在网上开播中国文化史博士课程，尽管内容浩大深厚，收听人次却超过了九千万。

几十年来，他自外于一切社会团体和各种会议，不理会传媒间的种种谣言讹诈，集中全部精力，以独立知识分子的身份完成了"空间意义上的中国"、"时间意义上的中国"、"人格意义上的中国"、"哲思意义上的中国"、"审美意义上的中国"等重大专题的研究，相关著作多达五十余部，其中包括《老子通释》、《周易简释》等艰深的基础工程。联合国教科文组织、北京大学等机构一再为他颁奖，表彰他"把深入研究、亲临考察、有效传播三方面合于一体"，是"文采、学问、哲思、演讲皆臻高位的当代巨匠"。

自二十一世纪初开始，赴美国国会图书馆、联合国总部、哈佛大学、耶鲁大学、哥伦比亚大学等处演讲中国文化，反响巨大。二〇〇八年，上海市教育委员会颁授成立"余秋雨大师工作室"；二〇一二年，中国艺术研究院设立"秋雨书院"。

二〇一八年五月，"远见·天下文化事业群"赴上海颁授奖匾，铭文为"余秋雨——华文世界最具影响力的一支笔"。

现任上海图书馆理事长。（陈羽）

作者近影。二〇一九年十一月二十一日，马兰摄。

目 录

自序 ……………………………………………… 1

第一部分　身边滋味 ……………………… 001

我的家谱 …………………………………… 003

此生匆匆 …………………………………… 005

婉拒 ………………………………………… 006

享受寂寞 …………………………………… 011

我家几案 …………………………………… 013

拟情诗 ……………………………………… 016

你的眉眼 …………………………………… 020

懂她 ………………………………………… 021

你的过去 …………………………………… 026

塑造对方 …………………………………… 032

何人是我 …………………………………… 038

我的科举 …………………………………… 042

小灯 ………………………………………… 047

百年之酒 …………………………………… 048

妻子的马 …………………………………… 051

祖母含笑 …………………………………… 056

历险自勉歌 ………………………………… 057

门房 ············· 059

遇见一人 ············· 062

那两个人 ············· 066

三步 ············· 069

在厨 ············· 072

一块抹布 ············· 075

年糕 ············· 078

外公的咳嗽 ············· 084

第二部分　天边思绪 ············· 087

如如 ············· 089

何必再说 ············· 093

雪地酒人 ············· 096

秘色瓷 ············· 105

美的安排 ············· 109

移居 ············· 114

乡下父亲 ············· 118

历时悠久 ············· 123

黄昏 ············· 124

远峰 ············· 128

界外 ············· 130

第三部分　流年回顾 ················· 135

　　一 岁 ······························ 137

　　二 岁 ······························ 139

　　三 岁 ······························ 141

　　四 岁 ······························ 144

　　五 岁 ······························ 146

　　六 岁 ······························ 148

　　七 岁 ······························ 151

　　八 岁 ······························ 153

　　九岁—十一岁 ····················· 158

　　十二岁 ··························· 161

　　十三岁—十六岁 ··················· 164

　　十七岁 ··························· 167

　　十八岁—十九岁 ··················· 169

　　二十岁—二十五岁 ················· 173

　　二十五岁—三十五岁 ··············· 177

　　三十五岁—四十五岁（上）······ 183

　　三十五岁—四十五岁（下）······ 187

　　四十六岁— ······················ 191

第四部分　古体诗词 ·············· 197

水龙吟·自况 ·············· 199

浪淘沙·黑海银桅 ·············· 201

踏莎行·苦旅 ·············· 202

七律·吾妻 ·············· 203

七律·写给母校 ·············· 204

七绝·题家壁 ·············· 205

七律·中国哲学 ·············· 206

风入松·诗禅境 ·············· 207

书法选 ·············· 209

名家论余秋雨 ·············· 221

余秋雨文化大事记 ·············· 223

自序

六年前，在澳门科技大学，两位女学生快乐地告诉我："院长，我们从网上熟读了您的几十首诗，能背诵七八首！"

她们好像就要开始背诵，我连忙阻止，说："这都不是我的，我没有发表过诗。"

"没有发表，可见是有，那也可能泄露啊。"她们笑着说。

"不会泄露，我的诗藏在心底。"我说。

"还是发表吧。既然出现了那么多冒名者，真身就更应该出来了。"她们说得很认真。

我觉得她们说得有道理，便露出了一个犹豫的表情。

她们看出来了，就紧追了一句："估计要让我们等多少时候？"

"五六年吧。"我随口一应。

这番对话，她们一定已经忘记。但是，六年到了。

我说，我的诗藏在心底，这倒不是一种腻情的说法。

可能与诗画般的山水童年有关，我历来不管写什么，都在追寻诗的境界，即便是历史散文、学术著作也不例外。因此，看到白先勇先生把我的文章概括为"诗化地思索天下"，立即惊喜地引为知己。

由于我毕生都在写"泛化的诗"，因此反倒把严格意义上的诗挤到角落上去了。这些诗，大多是每天早晨醒来看到窗外云天时的朦胧吟咏，如果后来还想得起几句，那就算记住了。偶尔有闲，还能翻拣出来再改动一些词句。整个过程，都没有用上纸和笔。

这次为了践诺澳门的六年之约，用上了纸和笔。一写，才发现量太少，成不了一本书，还需要大量增补。因此，就搜寻心中存留的各种诗意片段，让它们展延成诗作。前前后后花了几个月，就变成了现在这个集子。

我不是纯粹的专职诗人，平生深入的文化领域很大，自身经历也颇为丰富，因此吟诵所得也纷披驳杂。大凡历史、宗教、国内、国外、人生、艺术、茶水、厨艺，都有涉及。对此我暗暗自喜，因为我的诗化生态就是无边世界。

诗翼无墙，任意翱翔，又随处落脚。既然网上已经栖息着大量不知道从哪里飞来送给我的禽鸟，那么，我自己的禽鸟也就顾不得什么限制了。

但是，虽然自由，却也有一点偏向，那就是我的不少诗句中浸润着较多的古典风味，这与我早年写作古体诗词的"幼功"有关。为此，这本集子也收了一些自己写的古体诗词。

我平日写古体诗词的机会不少。那是因为，总有一些锲而不舍的朋友邀我写大幅书法用于石刻或悬壁，但写什么内容呢？我不习惯用自己的书法抄写别人的诗词，因此就随兴吟咏了。收在这里的古体诗词，我倒是稍稍挑选了一下，留下了当代青年可能比较读得下去的一些篇目。

我写古体诗词，喜欢用毛笔，因此在这个集子里也配上了几份书法，以便让青年读者领略一下中国古代"诗墨互映"的气韵。

这本诗集大致分为四个部分：第一部分写身边滋味，第二部分写天边思绪，第三部分是流年回顾，第四部分是古体诗词。

纷扰时势，有心读诗已不容易。因此，在今天，写诗的人更应该向读诗的人致敬。这些藏在心底的句子，能有其他的心灵来感应，就像在茫茫荒路上见到了几个愿意同行的人，太高兴了。

庚子年秋

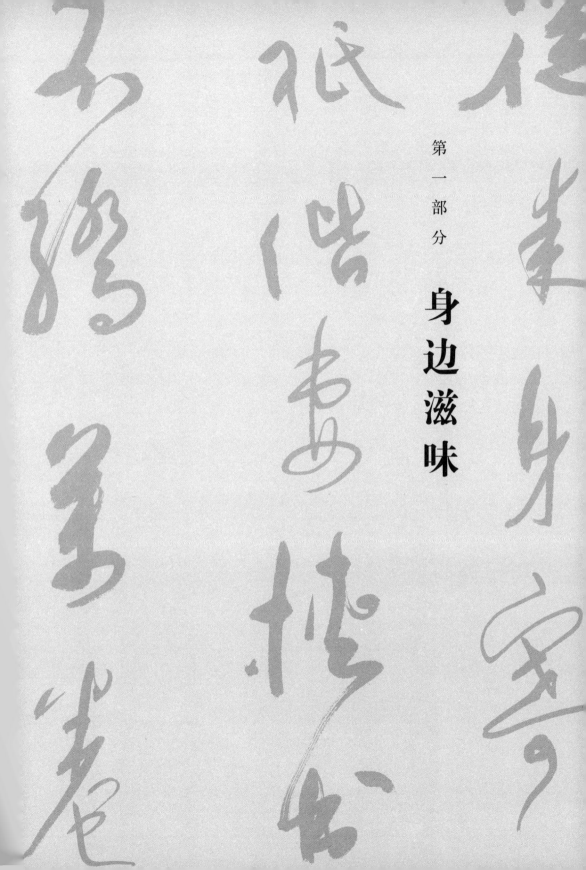

第一部分

身边滋味

我的家谱

世上般般家谱，

让我陷入迷糊。

竟有如许门庭，

代代钟鼎相续！

笔墨不涉愁苦，

千年未见污浊。

何曾天馑地枯，

何来万户萧索？

我祖不懂记述，

未留几丝云絮。

可猜少有安适，

奔波而成家谱。

我的家谱，是凉州石窟，

我的家谱，是西夏鼙鼓。

我的家谱，是蒙古弓弩，

我的家谱，是合川箭镞。

我的家谱是湖边菰蒲，

菰蒲下是越窑遗墟。

我的家谱是晚秋斜月，

斜月下是漫漫长途。

此生匆匆

行者飘飘随心走，

孤舟茫茫无港口。

一天一地皆属我，

一丝一缕非我有。

成败得失乃同义，

高低贵贱是虚构。

此生匆匆仅一事，

寻得大美藏衣袖，

分发四周。

婉拒

婉拒，

是我的基本规则。

婉拒，婉拒，

时间一长，

已成为生活秩序。

没有人能要我走一条路，

没有人能命我读一本书，

没有人能叫我发一个言，

没有人能请我写一篇序。

对世界，

我以自己的方式参与；

对人群，

我以自己的选择融入。

我的方式比较狭小，

我的选择比较专注。

除此之外，

我不参与，不融入。

这不是漠视四周，

而是对四周的照顾。

这更不是逃避邀请，

而是对邀请的维护。

如果我是一棵梅树，

只需在自己的季节开一些花，结一些果，

而不能不分时序，

天天展露，处处摆谱。

如果我是一道水渠，

只需在干旱时节完成灌溉任务，

而不能任意漫溢，

使庄稼浸水过度。

大地已经过于拥挤，

人群已经过于忙碌。

为什么还要鼓动出那么多自以为是，

涌来涌去？

如果不想加入这支队伍，

那就要学会婉拒。

遗憾的是，

这样的人屈指可数。

如果我走了一条别人要我走的路，

我和路，都会因此添堵。

两头尴尬的表情，

一串勉强的脚步。

如果我读了一本不愿意读的书，

每页每行都形同陌路。

我对书手足无措，

书对我表情局促。

如果我发了一个不想发的言，

一定是吞吞吐吐。

我也算娴于辞令，

让听众十分疑虑。

如果我写了一篇不想写的序，

推荐之语就带有溢美因素，

涉笔虚假让我自责，

更让读者对我生疏。

总之，该婉拒而不婉拒，

结果都有点恐怖。

开始可能出于礼数，

最后礼数全无。

习惯于对四周婉拒，

更因为我喜欢孤独。

万般哲思问终极，

个体生命是基础。

美的创造依赖天赋，

开掘本性凭心灵密语。

众声喧哗突然肃静，

孤衿独吟感动天宇。

天宇似乎早有恚怒，

千人一面同言同语。

生命尊严何处可见？

生存真相何时吐露？

我知道那边是浩浩通途，

我知道这里是寂寂苦旅。

但是请原谅，请宽恕，

我还是独处，

我还是婉拒。

享受寂寞

享受欢乐，是暂掩忧伤；

享受平庸，是人世之常；

享受痛苦，是超脱情怀；

享受寂寞，是圣者气象。

寂寞是辞谢交往，

反而会兼爱万方。

寂寞是拒绝追逐，

静心看夜夜月光。

寺庙是千山之藏，

佛座在寂寞中央。

垂目于喧闹天地，

却成了精神救偿。

救偿于无热无凉，

救偿于不卑不亢，

救偿于清风细雨，

救偿于浅叶淡霜。

且收住奔逐之缰，

且搁置金权之杖，

何必再左顾右盼，

只留下满心疏朗。

寂寞是身心回翔，

回翔至洁净原乡。

寂寞是天人合一，

呼应于宇宙洪荒。

我家几案

当时就让我赞叹，

她没有留下任何奖杯、奖牌。

全部舞台剧、电视剧的最高奖项都被囊括，

本应有一个密密层层的展示几案。

但妻子说，可能都交给剧院了，

完全没有概念。

一听心里就笑，

我在海内外获得的奖杯、奖牌，

也都已失散。

失散于何时何处？

我只会双手一摊。

我明知故问：为何如此看淡？

她说：表演，心里只有艺术之神和观众眼神，

没有心思听别人评点。

这又合拍了，

我写书也怕别人多言。

这里所说的"评点"和"多言"，

包括奖杯和奖牌。

如果完全不在乎，

至少减去人生的九成负担。

很多来我家的客人深感奇怪，

他们本想去几案上做一番浏览。

但几案上，

没有奖杯，只有茶杯；

没有奖牌，只有茶砖。

茶杯，盛得下一座座大山；

茶砖，包裹着马道的艰难。

看着它们，

就听到了茶农的亲切呼喊。

他们知道，

我们夫妻懂得茶道的高低深浅。

那么，茶杯也就是奖杯，

茶砖也就是奖牌。

只是颁奖者比较特别，

是大自然。

拟情诗

我要说一对情侣，
却是一个比喻。

她来自莽山深处，
本应该健硕朴拙，
却竟然步态轻盈，
雅袖轻舒。

他来自富庶通埠，
本应该斯文儒雅，
却竟然黝黑敦实，
浑身泥土。

他们显然不配，

谁知一见如故。

她羞涩地投入他的怀抱，

他腼腆地说：我是你的归宿。

没有对方，

他们也能与别人嫁娶，

一生安分守己，

恭行各自职务。

有了对方，

他们却能魂魄相与，

天天营造极致，

携手共抵圣域。

他在她展现身姿的时候，

拉上了紫色的帷幕。

她在紫色的帷幕里修炼片刻，

一出场就香溢四隅。

他们都属于玩水一族，

对悠悠水性非常清楚。

她总在那里纵情畅游，

他总在周围悉心保护……

——这首情诗我写不下去了，

似乎已经有点艳俗。

那就结束比喻吧，

我说的是：茶与壶。

说得更准确一点，

是普洱茶与紫砂壶。

澜沧江畔的原始森林，

爱上了体量不大的宜兴陶土。

我常去普洱和宜兴，

两边的高手也都很熟。

有一次我把他们一起请来，

两方各仰盛名，却又矜持含蓄。

我说，你们儿女的婚事已举世歆慕，

亲家初见怎么还不拥抱欢呼？

其实他们没错，

面对日夜思念的奇迹共创者，

蓦然一见，未免踟蹰。

他们很快亲密低语，

几十年的隐秘细节全都在今夜袒露。

看着这个情景我笑了，

把他们说成是亲家，

不又回到了那个比喻？

那就不妨顺着比喻再说几句：

既然是天下绝配，

就不在乎万般差异、千里长途。

永远也不要移情半路，

一天也不要熄灭火炉。

空空的陶器日夜期待着南方，

南方的裙裾只归属那紫色的帷幕。

你的眉眼

你的眉眼是我的山水，

我的山水来自唐代。

拍去风雪，洗去粉黛，

浅浅一笑，草草一拜。

西出阳关我做伴，

孤帆远影我也在。

你是我的第一高度，

你是我的最后要塞。

千年一盹，万里一鞋。

有你有我，再无期待。

懂她

她对世界充满友好，

见到陌生人也总是微笑。

陌生人如果稍有疑惑，

她就轻轻把微笑收住，

但嘴角还没有完全收掉。

这个世界很少正常回报，

热心人常感到寒意料峭。

种种嫉妒都不是自己招来，

闪烁的冷眼在惩罚着亮眼的美好。

当冷眼变成了隐形拳脚，

受害者只能自我照料。

到这时，她依然不放弃友好，

即使世界垮了一半，

她还是对另一半微笑。

这种心态违背了社会常道，

连一些最简单的问题也让人苦恼——

盛名遭冻，

为什么连原因也不去查找？

落井下石，

为什么连一声责备都听不到？

风华正盛，

为什么琴瑟皆静？

观众亟盼，

为什么背影缥缈？

在她看来，

不让演戏，不让见报，

原因虽不知道，

却不必问个分晓。

原因一定蹊跷，

那又何苦让蹊跷明了?

不如转过头去,

看日月皎皎,

山河妖娆。

在她看来,

离开狭小, 面对浩渺,

告别吵闹, 享受寂寥,

倒是朗朗大道。

在她看来,

如果自己的去留由权势承包,

如果艺术的命运由外人主导,

如果美的创造早已定调,

那么, 一切都可以不要。

不要那冠,

不要那袍,

不要那浪,

不要那潮,

宁肯找一个小岛，
看云淡天高。

对于采访者的提问，
她一定无言相告。
对于过去的伤害者，
她也会拱手问好。
但只拱手不握手，
因为她也有交友律条。

阴暗对她，不沾分毫；
善良对她，是地设天造。
因此，懂她的人少而又少。
有些人说是很懂，
也大多失焦。

只有一个人，
不仅很懂，也被她懂，
早已是生死之交，

安居在两人小岛。

此人是谁？

大家知道。

你的过去

题记

据说有我写的两句诗，在互联网上广为流传，风靡一时。有些地方邀我演讲，在演讲厅的大门口贴出这两句诗，以示与我的缘分。碰到一些不熟悉的朋友，他们一见面就会满脸笑容地吟诵起来，我立即接住，同声吟完，然后郑重说明，这两句诗，与我完全无关。

这两句诗很简单："你的过去，我没有参与；你的将来，我奉陪到底。"一看就知，这是年轻恋人的示爱之语，很通俗，很直接，但是如果要称作诗，未免太浅陋了。

除了这两句，网络上假冒我名字的诗文多得难以计数。我到今天还不明白产生这种大规模假冒的原因，但无论如何，这些诗文错置了我的文学格局。

　　每次生气之后，我也会莞尔一笑，暗想如果这些题目由我自己来写，会怎么样?

　　姑且偶试一次。但诗就是诗，一落笔就牵动心灵深处。

　　你的过去我没有参与，

　　但你的初啼已把我怔住。

　　那天我也许正在爬树，

　　突然有缥缈的声音悠然入耳。

　　似琴竽，似远风，似天语，

　　我转头一听，不以为意，

　　却不知，

　　就在此刻，

　　自己有了终生归宿。

　　你的过去我没有参与，

　　却为何，

　　两人有那么多会心的志趣?

　　会心的愁绪，

会心的推拒，

会心的惊喜，

会心的愤怒。

也许，

虽然没有参与，

却早已暗通款曲？

你三岁时见月而笑，

立即有回声相续，

只因远处也有一个人被月色迷住。

你四岁时拾起三片枫叶，

到手的却只有两片，

那一片已被另一个爱枫之人捡去。

你五岁时初读唐诗，

有几首特别上口，

好像有人先在一旁吟出。

这就是说，

你的月色，我有参与；

你的秋叶，我有参与；

你的唐诗，我有参与。

正是这一切，

才让我们一见如故。

真正的一见如故，

全然与生命同步。

或许比生命更大、更早，

由月色、秋叶、唐诗共熔共铸。

那就请相信，

你我终于相遇，

虽然安静平淡，无人关注，

却早有漫长的寻找图谱。

凭九歌引导，

顺八龙指路……

那天蓦然相遇，

便浑身一颤，顿时止步。

相遇就是全部，
从此心无旁骛。
何必有"奉陪到底"的誓句？
天下誓句大多出于疑虑。
此地没有疑虑，
你我不用誓句。

世事如火如荼，
灾难如沸如煮。
只需四目相对，
便无大忧大惧；
只需与君相遇，
便是万般俱足。

既然万般俱足，
也就轻掩门户。
无须职位，

无须期许，

无须信息，

无须江湖。

我们的形迹，

是孤舟秘途；

我们的婚约，

是无字天书。

塑造对方

两对俊美夫妻，

当年一起步入婚姻殿堂。

他们一直被朋友赞扬，

却是两种不同榜样。

一对，是有规划的互相宽容；

一对，是无规划的互相欣赏。

有规划的一对，

日子精细，目标敞亮，

一步一个脚印，

行步有挫，则彼此原谅。

无规划的一对，

自由自在，快乐阳光，

随时都有惊喜，

天天互相欣赏。

开始，大家觉得第一对更有分量。

担心第二对没有规划，

是否会在快乐中迷失方向？

匆匆十年过去，

两家出现了不同的风光。

第一家，门风端正，专业有成，

却有点疲惫紧张；

第二家，青春依然，恩爱有加，

整个儿喜气洋洋。

我与他们熟悉，

深知这种差别之下，

有秘哲埋藏。

规划，听来响亮，

却是身外构架，

并非天性本相。

步步脚印，

可能已远离心灵故乡。

所谓宽容、原谅，

看似很有气量，

却会在两人心底留下暗伤。

但这暗伤来自身外规划的尺度，

就像请来一位"大神"到内室东量西量。

除了这位外加的"大神"，

夫妻间的宽容和原谅，

都有点荒唐。

有错才有宽容，

有误才要原谅，

但一门之内，夫妻之间，

对错以什么衡量？

由此就出现了第二家，

另一种哲学终于出场。

这种哲学说：

单位的规划是业绩，

夫妻的规划是对方。

对方，

岂止是那天携手的对象，

分明是有待开发的宝藏。

开发，是毕生不断的事业，

因此每天都有惊喜和心慌。

为何惊喜？

因为发现了预想外的矿苗。

为何心慌？

因为看到了规划外的光亮。

更加惊喜的是，

今天的光亮在昨天被看成了泥障；

更加心慌的是，

眼前的精彩与自己很不一样。

然而，

这个矿藏不在远方，

就在清晨你家的梳妆台旁，

就在几句笑语间，背后旭日临窗。

你与另一半的差异，

不是宽容的空档，

而是欣赏的磁场。

请想一想，

这个世界的魅力在何方？

无非是天地之差、男女之别、时节之异，

才使我们迷醉痴狂。

因此，一见差异，

首先要试着欣赏。

欣赏，也就是塑造对方。

你的眼神和声音，

就是雕塑家的神奇手掌。

不久前我告诉一对新郎、新娘：

如果你们天天互相欣赏，

我敢担保，

几十年后，

这里将会出现一对天神般的长者，

为了回忆今天而相依相傍。

何人是我

那天太湖平静婀娜，

我吟出两句南朝弦歌。

但是细细回想，

从来没有听过、读过。

是它潜入我心，

还是它本属于我？

在伊朗一处城垛，

找到了前世老窝。

我断定曾在这里居息，

曾在这里厮磨。

此沟此坎，

此叶此果……

在西奈沙漠，

有一丛藤荆孤寂而又婆娑。

我曾经为它浇水多年，

每次浇完蜷身而坐。

但是，那水来自何处？

百年之内近处无河。

那条山道非常熟悉，

每级石阶都认得我。

询问地名却很陌生，

叫圣马力诺。

我都去过，

又没去过。

处处有我，

处处非我。

却为何心心相印，

一见着魔？

于是仰天长问：

我是何人？

何人是我？

我在何年？

何处有我？

我，我，我——

我是深夜的烛火，

又是扑火的飞蛾。

我是肃静的香座，

又是飞转的陀螺。

我是闭目的伊索，

又是行脚的头陀。

我是刚烈的荆轲，

又是温和的东坡。

我是纯净的白鹤，

又是泼墨的残荷……

千年万里，

全都包罗。

正反殊色，

紧相依托。

多棱多维，

千浪万波。

吾生已老，

仍无定说。

那就干脆放逐，

无执无我。

一旦无我，

心比海阔。

长天洁净，

高山巍峨。

我的科举

我曾对十万进士做过论述，

因此经常被好奇者拦住：

"如果您在那个年代，

会不会参加科举？"

我的回答毫不犹豫：

"既疲于犁锄，

又不喜商贾，

只能走科举。"

提问者立即对我看低几度，

说还有李白的路，

只仗剑山水，

避科举之俗。

我说李白是天赋之孤，

不可比附。

须知与他同代，

还有不少名字属于科举。

例如，王维、白居易、韩愈、

颜真卿、柳宗元、杜牧。

如果超越唐代，

还有不少名字值得记住：

王安石、司马光、大苏小苏、

朱熹、王阳明、汤显祖、

徐光启、史可法、林则徐……

我为求韵，只取了少数，

然而仅此少数，

就足以知道，

科举并非不学无术。

如果对头名状元尚有疑惑，

那么，只需举一个名字，

立即让人默然无语。

他就是文天祥，

让伟大的宋代结束得气吞千古。

我在古代如果读书，

当然会被这些名字征服。

因此，尽管也爱李白，

却也不会拒绝科举。

再问，是否考得上去？

对此，我倒是不必谦虚。

我从小到大，

多数考试总获第一，

尽管平日成绩并不突出。

似乎进入考场，

总有神秘之手照顾。

因此我曾向老师提出，

读书能否以考试为主？

开始他们觉得我有点骄傲，

但一到考试，都惊叹我为异数。

如果在古代也是异数，

那就会排入进士及第名录。

做个翰林院修撰或编修吧，

对我，算是从异数转入正途。

对很多人来说，

翰林院是为官之渡，

我则迷恋在里边修史、著书，

制造借口拒绝政务。

这种拒绝极有难度，

但我在本性上厌恶仪式性重复。

即使蒙受最大损失，

也不会迷路。

这事我在今世已经切身体悟，

只要下了大决心自我放逐，

天下没有力量能把你留住。

留住了，只因为自己犹豫。

我永远不会成为政争一族，

不会在文化之外发出系统的呐喊、呼吁。

这并非胆怯，

只因为实在无法判断，也没有兴趣。

那么，如果以官场地位排列科举名录，

我的名字必遗荒芜。

我一定早早地离职自居，

却不会返回故土，

因为太多的熟人会让彼此辛苦。

大概会找某个城市郊区，

邻人不知是谁的住处，

尽管，

他们书房里都会有我的书。

小灯

我在黑夜里点亮小灯，
写了二十卷论述光明。
我在大风中关上窗户，
讲了五十年安静课程。

小灯明灭成千古脚印，
课程断续成一线斯文。
时势喧腾席卷大地，
我在这里安身立命。

昨夜无灯，万般宁静，
不知什么将要发生。
既然不知何必多问，
若有明天不妨一醒。

百年之酒

友人请我喝一杯酒，
我在去年已上头。

三十年前同一樽，
他也称爸爸是老友。

百年之前又同一，
酒杯在祖父手上轻轻抖。

完全一样的拱手，
完全一样的问候。
前言后语紧相扣，
好像出自同一张口。
就连嗓音也一样，

代代长辈何曾走。

同样的躲，

同样的求，

同样的笑，

同样的羞。

这分明是百年之酒、千年之酒，

汉唐宋明，

尽在一手。

厚厚的世谱干渴已久，

正该浇上一大杯酒。

历史的话语堆积如山，

细看最后，都是一样的由头，

一样的应酬。

写了那么多金戈铁马、白云苍狗，

到头来无非是三缕炊烟，一杯淡酒。

说什么辽阔、悠久，

主旨全在桌椅左右。

那个跨代的友人，

如铁筑石构，

经历了如许春秋，

却旧而未旧，

锈而不锈。

未曾喜乐，

未曾忧愁，

代代殷勤，

却如此长寿。

妻子的马

北方朋友气魄大，

送我妻子一匹马。

妻子本来是马迷，

却不知如何把它拉回家。

朋友说，暂住这里的马厩吧，

什么时候想拉就来拉。

从此后，

便觉得我家浩茫接天涯，

千里草原万里沙。

夜夜卧听马蹄远，

明晨鬃尾拂朝霞。

马，

既使我的书页充满热力，

又使我的笔端飞扬雪花。

我最愿意喝彩的是汉代的马，

我最愿意骑上的是唐代的马。

汉代的马，

是民族力量大爆发。

卫青云中占高阙，

北出边塞不下马。

骠骑将军霍去病，

不灭匈奴不成家。

从此马威尽归汉，

蹄声如沸震天下。

马，

征战的马，

远行的马，

是否也能驮文化?

此问一出皆沉默,

中国却做出了大回答。

苻坚发兵数千里,

不为领土为文化。

鸠摩罗什被争抢,

羁留凉州聚文华。

北魏王朝又来抢,

三万菁英俱被押。

押向平城建新都,

唯有文明是高塔。

平城有点装不下,

迁都洛阳又出发。

鸠摩罗什未被忘,

鬓已染霜再上马。

北部中国数百年，

万千马蹄奔文雅。

赫赫唐代从何来？

伟大的种子已播撒。

请记住，

播撒种子的全是马，

正为此，

唐代的马匹都潇洒。

唐诗的韵律是马蹄，

豪情由马鞭来挥洒。

让人动心是唐太宗，

陵寝的主题是六匹马。

对此人人都惊诧，

最伟大的帝王最简化，

历历生平皆退去，

千言万语全归马。

由此又想到妻子的马，

它还记得我们吗？

般般文史乱如麻，

化繁为简就是它。

无论如何，

它是中国北方的一匹马。

无论如何，

它是我妻子思念的马。

祖母含笑

出生之时没有初啼，
祖母却在含笑叹息。
她说孩子真是好命，
天下再无战火血迹。

岁月易逝孩子已老，
战火血迹仍是史脊。
重重危难随时出现，
何处安顿幽幽文笔？

此地天域不应狞厉，
总有鹰隼掠入翅翼。
老子孔子闭目无语，
细听未来长风万里。

历险自勉歌

二十世纪最后一年，余为考察人类重大古文明遗址，冒死历险数万公里，引起世界性关注。行至半途，于巴格达一弹坑边写得此首《历险自勉歌》，后广为传唱。

千年走一回，
山高水又长。
车轮滚滚尘飞扬，
祖先托我来拜访。
我是昆仑的云，
我是黄河的浪，
我是涅槃的凤凰再飞翔。

法老的陵墓，

巴比伦的墙。

希腊海滨夜潮起，

耶路撒冷秋风凉。

我是废墟的泪，

我是隔代的伤，

恒河边的梵钟在何方？

千年走一回，

山高水又长。

东方有人长相忆，

祖先托我来拜访。

我是屈原的梦，

我是李白的唱，

我是涅槃的凤凰再飞翔！

门房

二十岁时突陷恓惶，

父亲被囚全家绝望，

学院又由暴徒执掌，

家门、校门都让我惊慌。

反复徘徊猜想门里景象，

无非是标语如丧，疯话癫狂。

平心，吐气，闭眼，再抬脚，

灾难中每一步都是万里疆场。

"同学，你好！"

久违的和悦让我紧张。

定睛一看才知道，

原来是学院的一位门房。

当时把门卫叫门房，

他的笑容不敷衍，也不匆忙。

听他又在叫别人"老师"，

这个称呼当时已经抛荒。

以后几天我留意，

"教授"的称呼他也没忘。

那位教授连忙阻止，

他连叫几声还拱了拱手掌。

暴徒没把他当一回事，

我们却把他当一线光。

傍晚离开还要待一会儿，

好让光亮来收一天的场。

他确实只是个小门房，

却让每天的开头结尾都变了样。

人在浩劫陷污浊，

总算能在门口得清爽。

众人的笑容是报偿，

他也就越做越像样。

只要有人挨批斗，

他就问候得更深长。

时过境迁几十年，

人事茫茫多遗忘。

一天得知有个追悼会，

我一听名字就前往。

工作人员有点蒙，

院长为何要亲自悼念一位老门房？

我说有一些人物很普通，

却帮助别人在绝境中治了伤。

历史的缆索在哪里？

善良能产生大力量。

小小的角落无名的人，

天天在做好文章。

遇见一人

历史是记忆的残片，

但需要有共历者的容颜。

如果共历者不见了，

那么，残片就成了残烟。

追悼妈妈时我轻轻哽咽，

妈妈走了，我也就丢失了童年。

有好些问题来不及问，

从此世上再无答案。

原以为这些问题都不太重要，

直到现在才明白，

那是维系我生存的条条麻线。

为什么要这么结、这么系、这么解？

一人离去，麻线全断。

最近遇见一人，

也给我一大震撼。

他曾是上海教委领导人，

几度上门请我出山。

民意测验劝不动我，

他的一个决定却让我为难：

只要我答应当院长，

他下调到学院做帮办。

当年院长负全责，

他做书记勤补台。

事无巨细两相知，

泥泞小道扶住肩。

此后多年成铁杆，

共建秩序共患难。

终于知我要辞职，

他又游走上级部门为我做刺探。

既然生命紧相连，
总觉得晚年可长谈。
到时候，
两人互证又互验。
他生存于我的调侃，
我生存于他的笑谈。

未料霹雳起晴天，
阿茨海默将他缠。
已经谁也不认识，
两眼空空如枯潭。

枯潭对我全无感，
我心也随之枯一半。
阿茨海默似大疫，
荒了一角荒伙伴。

那一半虎符已丢失，
所有的密语遭冷颜。

两脚探路路何在？

荒废了的路途已被删。

被删的路途不可走，

被删的历史已瘫痪。

无笔落墨是空纸，

无人相叙是老年。

那两个人

如果灾祸突然上门，

你指靠不上那两个人。

一个人，

是你台面上的哥们。

平时经常促膝谈心，

听他说官场秘辛、人生暗门，

让你觉得已经世事洞明。

他说他反而期待出点事，

以便见证赤胆忠心。

这次真的出事后他也有过慰问，

但后来就有依稀传闻，

他已经大致洗清了与你的关系，

正借助秘辛，在叩问暗门。

另一个人，

是交往多年的书生，

他不懂得秘辛、暗门，

喜欢大谈历史风云、古代诗文，

让你也觉得分享了文化身份。

出事后他十分体贴，

总在耳边滔滔叮咛：

韩非的计谋，杜甫的担心，

刘伯温的策略，康熙的提醒。

听了几次你就很想冲进书房，

把所有的古书都烧成灰烬。

最终有效救助的，

是另外三个人。

一是自己，二是妻子，

三是一个偶尔出现的身影。

这个身影没有任何企图，

只是职务所致，又有一点好心。

救助过后，也不再有音信。

上述人际关系，

是一个永久的范型。

这个范型在提示，

少交一点哥们，

少听一点高论，

打理好自己与家人，

更要善待一切陌生。

三步

三步。

抬起脚来，

只需三步，

一切困厄就会解除。

风，就会开始转向；

潮，就会重新找路。

就连压顶的乌云，

也会渐渐散去。

所有的朋友都看着我，

面对诽谤大潮他们难以为助。

一是希望我撰文反驳，

他们相信我的文笔千山无阻；

二是希望我到法庭起诉，

他们相信一切谎言最怕法律；

三是希望我略有示意，

他们相信我的无数读者正期待着一声招呼。

但是他们失望了，

始终没有见到这三步，

甚至，也没有一步、两步。

只要我稍有动静，

一定会产生新闻热度。

但世上有那么多真正的大事，

怎么能为个人声誉而转移民众关注？

而我更不愿意看到，

那么些火爆写手戴上冰冷铁镯，

那两个白发文痞在铁窗里思念孙女。

那三步，也许属于正义，

却未必是让人安心的步履。

那就闭闭眼，

多跨两步吧，

对，五步。

五步之外，已是海边，

长风万里，忽有细雨。

见到一条航船正要解缆，

我说等一等，

虽然不知道你们要去何处，

我愿意帆樯与共，加入新的长途。

是啊，不要在乎三步。

多跨两步，就是千步万步。

在厨

吾之人生分三处，

在路在书亦在厨。

路耶书耶人已知，

唯有厨事未吐露。

三篇楚辞方译罢，

便到水池看菜蔬。

千钧史记又惹泪，

稍稍闭目洗甘薯。

诗经本有烟火气，

箪食瓢饮是醇儒。

秦汉宫帐英雄宴，

抽剑割豕显气度。

马疾诗奔猜唐代，

重在杯壶轻勺箸。

直至懂事苏东坡，

句句在行说烹煮。

天下万物有天序，

知厨便是知太初。

百姓生息乃至理，

一缕炊烟胜宏图。

刀枪剑戟争胜负，

唯有盏碟未曾输。

改朝换代语滔滔，

咀嚼一口便彻悟。

调羹煨煲须亲品，

灶台之品品万殊。

治大国如烹小鲜，

千古哲言厨间出。

煎炒炖焖吾皆擅，

日久吾妻亦入谱。

一笑互称好手段，

一朵文火食已酥。

笔墨纸砚皆余事，

闻得饭香心方舒。

经史高论吾倦矣，

餐罢入梦在天都。

一块抹布

因为没有雇过保姆，

总是亲自手持抹布。

但这手，

刚刚在剧场里舒袖曼舞，

感动观众无数。

而那手，刚刚在书房写下最后一句，

完成了又一本大书。

不管来自哪个高台，

进厨，就是这块抹布。

她知道它最适合哪种肥皂，

他知道该晾在何处。

等到它不得不退休，

还用它来擦一次手，道声辛苦。

这件琐事，让我想起普世图谱：
人生声望可以如日中天、如火如荼；
人生要件却总是又小、又粗、又土，
躲在一角默默无语。

豪宴两丈，
心里却知，至味尽在早年小煮；
巨宅千尺，
心里却知，酣睡只需贴身被褥。
那么，两丈、千尺应属多余，
却总有不少人，
把它们当作气度，
炫耀于他人耳目。
结果，
人生要件退缩不见，多余的炫耀反成其主，
种种不公由此迸发，
让人愤怒。

那就不妨再想想那块抹布，

它以低微的姿态着力于日常必需，

也就在心里划出了轻重之序，

甘愿与勤快的主人亲密相处。

禅者看重本性之初，

无视高深虚语；

正视生息之悟，

不拒接地之俗。

因此，我在诗中，

加入一块抹布。

年糕

人的感官会因季节而不同，
想起来实在有点不公。

夏天，
妇女们看惯了半裸男子在村里晃动，
但是一到冬天，
大家穿得严实，
一见到白生生的肌肤就会脸红。
因此，做年糕的现场，
没有妇女的手脚和笑容。

屋外天寒地冻，
皑皑白雪掩埋了一切葱茏。
仅一墙之隔，

这间屋里的一溜男子，

全身几乎裸露，

每人只系一条短短的裤筒。

但他们还大汗淋漓，

像是在夏天的中午出工。

第一拨管灶，

灶在煮米，烈火熊熊。

那么多家的米一起归拢，

木柴堆、草柴堆都已在灶边高耸。

火焰让屋里的一切变成闪光的金铜，

新米的蒸汽像几条舞动的白练，

很快，诱人的清香如浪卷潮涌。

第二拨管舂，

用脚踩踏着石碓往下冲，

一下轻，一下重，

一边揉，一下舂。

浑身肌肉毕现无疑，

就像是激烈的体操运动。

这帮男人让整个屋子出现了节奏，

嘭、嘭、嘭，轰、轰、轰，

把这片土地的脉搏送向苍穹。

第三拨管甩，

把米粉团用双手举到半空，

然后甩得又响又重。

使其柔韧，

使其紧隆。

既显现出双臂之力，

又显现出腰腿之功。

前两拨的努力都在这里集中，

因此这几个男子最受推崇。

他们用手感评判着前面的煮和舂，

成了整个屋子的领工。

我们这些孩子也都围在他们周围，

他们时不时会揪下一小团，

往我们嘴里送。

那种香软之味，

简直难以形容。

做年糕这件事，

是农民对丰收的一次热烈赞颂，

是土地对上天的一次虔诚鞠躬。

火热、喷香、赤诚、健美、谦恭，

全都在这里汇总。

这种仪式如此隆重，

我每次回想都十分激动。

那就让我们再次回到现场，

看仪式如何告终。

仪式的主场是两间大屋，

仪式的副场是屋边夹弄。

夹弄里，挤着一大堆妻子，

等待着自己的老公。

她们都很安静，

也不去偷窥门缝。

只从声音和气味，

判断事情已经成功。

她们手上都拿着男人的棉袄，

好让老公从盛夏返回严冬。

门开了，

半裸的男子都打了个寒噤，

却又故意挺一下胸。

妻子在说：

"快披上，这么大的风！"

等男人们一走，

刚才的工场立即被女人掌控。

她们要压模、要清理、要分送，

更多的麻烦环节，都事必亲躬。

这也就是说，

父系时代又回到了母系时代，

一个重大的历史转折，完成得那么轻松。

一年的家务事，

妻子每天都忙得似蝶似蜂，

只有今天被老公抢了头功。

为了奖励，

每家都从村头的作坊，

搬来黄酒一瓮。

趁新鲜也要让年糕上桌，

妻子在想，

是炒，是煮，还是烘？

外公的咳嗽

六岁时我摘了两篮新豆，

挑上一支小扁担，

往家里走。

在路口遇到了外公，

我喊他一声，

等他对我夸口。

夸我摘豆，

夸我挑担，

夸我挑得很有派头。

但是外公见了我轻轻一笑，

两声咳嗽，

没有夸我，

扭头便走。

回家后告诉妈妈，

说外公今天有点奇怪，

我却想不出理由。

妈妈边问边想：

你挑一担新豆？

他两声咳嗽，扭头便走？

随即妈妈笑了：

我太知道你的外公，

每次咳嗽都是为了遮羞。

他一生最爱吃新豆，

你是今年第一担，

他当然想捧一把走，

但一见你那么小，

不好意思伸手，

就有点害羞。

于是两声咳嗽，

扭头便走。

小孩最怕大人害羞，

后来见到外公，

我就从来不提新豆，

却也没再听到他咳嗽。

早年无聊的小事，

会因细节而保留。

大人小孩的心理交错最是有趣，

居然留在心底如一脉细流。

每年扫墓我都会与外公逗上一逗，

供上杨梅、年糕、黄酒。

再说说天下新闻，

故意不提新豆。

不知怎么突然起风，

满山都是外公的咳嗽。

第
二
部
分

**天
边
思
绪**

如如

如如？

如如。

一个普通汉字，

重叠便是密语。

贾岛诗句：

"当空月色自如如"。

贾岛月色，

千年无异，

夜夜无殊，

高及九天，

融于草树。

永而有常，

谓之如如。

白居易诗句：

"不禅不动即如如"。

此处如如，

无求无欲，

无为无助，

无今无古，

无喜无怒。

任其自性，

便是归宿。

《坛经》有句：

"万境自如如"。

慧能之意，

不分高下，

不分秦楚，

不分贤愚，

不分胜负，

万境同一，

同甘共苦。

《金刚经》云：

"不取于相，如如不动。"

此八字诀，

终身惠吾。

世相时相，

为我不取；

名相位相，

我皆无虑。

只问永常，

只问自性，

只问同一，

便是如如。

如如无语，

却毅然不动。

不动于倾势之誉，

不动于无端之侮，

不动于震耳之鼓，

不动于漫天之呼。

于是与贾岛散步，

月色如如。

何必再说

既然无可言说，
那又何必再说。

你无法证明，
那次水难是因为漩涡，
那行大雁没飞出山火。

你无法证明，
那天屋顶有白云三朵，
那夜和尚却未曾打坐。

你无法证明，
那年父亲正承受折磨，
那时每天都遇到恶魔。

你无法证明，

那堆谎言终究会戳破，

那番架势迟早成泡沫。

你无法证明，

那样掌舵加剧了颠簸，

那些训导反导致堕落。

你无法证明，

那丛草木并没有花朵，

那片林子长不出水果。

你无法证明，

那条道路只通向沙漠，

那个沙漠找不到骆驼。

既然无可言说，

那又何必再说。

且不妨依树而坐，

也可以枕石而卧。

若见得前方有祸，
则应该起身鸣锣。
若见得有人受伤，
则应该上前按摩。

为何鸣锣？为何按摩？
不必感谢，不必多说，
只因为，
我们一起活过。

雪地酒人

我写过一篇长文，

纪念电影导演谢晋。

很多朋友读了之后说，

看过他那么多作品，

没想到他自己的故事更加惊人。

我写的时候常常走神，

因为五百多年前，

有过一个与他名字读音相同的人。

谢晋活到了八旬高龄，

而那个人，

只度过了四十多年光阴。

虽然如此，我们的谢晋也会由衷承认，

这位古代年轻人的学问更加高深。

不仅比谢晋高深，

而且，

五百多年来很少有人敢比，

永远让人肃然起敬。

他，就是《永乐大典》的总纂修——
解缙。

世界总是对中国古代的阵仗吃惊，

《永乐大典》的阵仗也让人难以置信。

在仅靠毛笔书写的年月，

三亿多字，两万多卷，一万多册，

这是何等伟大的工程。

后来兵荒马乱直到八国联军，

烧抢之后仅存三百多册，

其他都已化为灰烬。

就凭这部大典，

中国其实已经踏进百科全书时代，

却又怎么满目怆然，立于烟尘？

解缙死后三百年，

一个男孩在法国出生，

他就是狄德罗，

将是欧洲百科全书派的第一首领。

为此我常常盯住这三百年，

思考历史在何处进退升沉。

于是，还要再一次端详这个解缙。

领头主持大典才三十四岁，

明成祖确信他能担当大任。

如此年轻却经天纬地、博古通今，

而且能把所有典籍精准安顿。

说他是一代巨匠仍然不够，

分明是天地派来的文化统领。

——以上这些话都是铺垫，

是憋住劲，为了写那个冬天，那番寒冷。

朔风凛冽，满城白雪，街道寂静，

那是一四一五年的北京。

一所监狱的侧面开了，

拖出了一个犯人。

犯人已被灌醉，

很快，冻住了最后一丝鼻息，

冻住了整个生命。

这显然是在执行死刑，

执行者是锦衣卫的恶棍。

只是玩了个花招，

因为死者比较有名，

那就是解缙。

解缙并无罪行，

只是与太子比较接近。

这就沾及了皇权传承的麻烦事，

皇帝起了疑心，

疑心就是罪名。

过了一些日子，

皇帝随口一问，

"缙犹在耶？"

锦衣卫听出了暗藏的指令。

本该简单处决，

但指令又有点模糊，

因此放下种种刑具，

选择了烈酒、雪地、寒冷。

在锦衣卫历史上，

今天最柔静。

事情的关键在宫廷，

明成祖经历了一次心理大转型。

他知道文化的分量并不轻，

因此才有了大典和解缙。

但是，这一切都不能触碰皇权传承，

哪怕连触碰也只是心头幻影。

幻影一旦产生，

皇帝就当了真，

一转眼，文化也就从侍从变成了疑问，

过去侍从越好，此刻疑问越深。

在皇帝的极度敏感中，

一旦有事，似乎整部《永乐大典》都会为解缙助阵，

包括里边的三皇五帝、诸子百家、汉唐文明。

这怎么能容忍？

唯一的办法，让解缙脱离大典，

贬谪到偏远的广西，

然后又囚禁京城。

由此可以反证，

在所有的皇帝看来，

再大的文化山水也只是宫廷盆景，

呼之即来，挥之即去，

不太上心。

"缙犹在耶？"

皇帝还不放心。

解缙绝无争权可能，

因此这短短一句，

是投给天下所有的大文化、大文人。

既不上心，又不放心

——明成祖浓缩了所有统治者共用的这"千古二心"。

解缙那天喝得不少，

大口痛饮着锦衣卫的稀有馈赠。

他在被贬、被监后也有过悔恨，

但很快又对悔恨产生悔恨。

因为他如果完全不涉朝廷，

那就无缘主持大典工程，

而大典工程是他的天赋大命。

那就认了吧，

认了这天赋大命下的屈辱之身。

在刚刚饮下几杯时，

他浑身一热，想到了自己的年龄。

四十六岁，不算年老，也不算年轻。

他没有想过出狱后的营生，

因为他知道，

锦衣卫不习惯提供出狱的可能。

那就抿唇一咂，

只问今天的酒是苦是醇。

当然他也没有猜到，

等一会儿就会有两个人把他拖出门去。

门外的积雪已经很深，

那两个人怕他突然冻醒，

就拿起铲子为他加雪一层，

很快像白色的被褥盖住了全身。

也许他已顷刻升腾天庭，

雪地上留下一截白色的丘茔。

直到他升腾，他还醉着，

可谓"雪地酒人"。

我觉得这个名号倒是不坏，

有一点悲怆的象征。

《永乐大典》是他的大命酒樽，

他大量大口，喝得大醉酩酊，

然后是大雪压身，

但他终究问鼎了稀世大业，担当了百代大任。

这里出现了许多"大"，足让解缙宽心：

大典、大雪、大业、大任……

这么多"大"最后都集中为雪地酒人，

那就产生了象征。

秘色瓷

童年戏水在上林湖边，
经常摸到大量瓷片。
捡拾起来弯腰削水，
看能在湖面弹跳多远。

长大后才知，
我们摸到了家乡的早年冠冕。
只不过冠冕已经散架，
抛落在湖边任孩子们糟践。

现在我要抱着深深歉意，
说说这些冠冕。

在外文中，

瓷器与中国同名，

而越窑青瓷，

又是公认的祖先。

青瓷的极品是秘色瓷，

口口相传却神秘难见。

我终于厘清了它的生平档案：

起于唐代，

盛于五代，

衰于宋代。

总之，风光在千年之前。

那就是说，

李白的酒杯，

武则天的碗盏，

都可能有秘色牵连。

可肯定的是杭州吴越王钱氏，

为了结交北宋政权，

把一箱箱秘色瓷装上了船。

由于数量大，要求高，

秘色瓷也趁势跃上了峰巅。

钱氏后来参与宋廷对金陵的包围，

可怜的大诗人李煜，

不知道自己亡国与秘色瓷有关。

他别过宫女后袒背出降，

赵匡胤对他倒是不坏，

在宋都俘虏院，

摆着不少钱氏送来的秘色瓷杯盏。

李煜在无聊中拿起来看，

心想"秘色"该做何解。

他应知唐代诗人陆龟蒙，

曾用诗句讲"秘色"的来源。

"九秋风露越窑开，

夺得千峰翠色来。"

不是红黄蓝白之常，

而是秋风山水之翠。

如此揭秘，天地一笑，

世间绝色原来都拒绝加添。

然而，

越是大秘越难承传，

李清照的"三杯两盏"，

胎质已粗，色泽已变。

兵荒马乱精品易碎，

千年越窑火幽烟残。

也算见识过了历史的斑斑点点，

也算曾经与那么多大诗人朝夕相伴。

风华不永闲散退休，

就在湖边安度晚年。

美的安排

我在最艰难的时刻，

寻找过诗。

首先是音乐。

贝多芬过于雄浑，

一般是施特劳斯。

太冷的月光，太深的泥，

耳边却响起了《玫瑰骑士》。

更多的是雕塑，

天天污泥满身，已接近罗丹旨意。

罗丹摇头不收，只能暂栖现代派的蓬荜。

看着田垄间的大批雕塑不禁一喜，

不必去学已是活体满地。

那年月总是在不断等待，

却不知在等什么东西。

忽然想起了贝克特的那个戈多，

便立即笑而会意。

吟诵屈原需要单身独立，

但百斤稻担在肩，

支撑不到湖边石碶，

又不能把稻担置地上，

地下湿泥刚刚挖自湖底。

由此想起，

中外历史上有太多泪中之诗。

初时觉得诗襟已碎，

进而发现诗情被淬。

淬之于遐迩之嫉，

淬之于岁月之危，

却淬出了生存之本，

淬出了绝境之奇。

流放者心中的诗，

一月之后开始启齿，

半年之后就会复辟。

终于渐渐明白，

诗之为诗，

岂止吟风弄月，

而是在静扣隐秘心扉；

美之为美，

岂止赏心悦目，

而是为人类重建另类肌理。

于是我知道了，

司马迁为何能久久地忍辱执笔。

他在大汗淋漓的痛苦中，

享受着大气磅礴的诗，

他要以诗筑史。

于是我知道了，

嵇康那天用美赦免了死，

创立了结束生命的最佳范例。

让人生由音乐来休止，

休止于自己的手指在弦上轻轻一挥。

于是我知道了，

颜真卿祭侄而扩展成万民之祭，

只因他把血泪之诗变成了至高墨迹。

那就连血泪也进入了美的圣典，

就像狞厉的饕餮铸入了青铜器。

于是我知道了，

苏东坡从万千热闹到百般岑寂，

是故意安排他来单独寻找最大的诗。

当大江和赤壁成为民族心底的词赋，

人们都把他当作了贴心兄弟。

总之，一切是美的安排，美的故意，

从一个个惊心的角落，

刷新了苍茫大地。

它让悲凉人生，

仿佛获得了神力。

它让幽暗尘世，

依稀看到了晨曦。

这些人的格局壮阔无比，

只是随意运用那琴、那诗、那笔，

但在关键时刻却发现，

那琴、那诗、那笔，

都已上升到精神首席。

这就要感谢蔡元培先生了，

他说已经为中国人找到了一种——

一种可以代替宗教的神奇之力。

人们一听将信将疑，

但是如果询问上列各位古人，

他们或许会有片刻犹豫，

最终却都会同意。

而且，是深深同意，

同意得山鸣海泣。

移居

复古是虚伪之举。

因为那么多当代生命，

没有可能向古代移居。

那些招徕移居的人，

尽管满口文句，

人们也应该学会对他们婉拒。

其实他们自己也没有移居，

招徕，只是当代的名利套路。

正常的孩子，

连父亲重复的回忆都听不下去，

更不会去背诵祖父的遗嘱。

那又怎么可以让他们倒退一千多年，

去反复感觉那场来去匆匆的小雨？

而且，还不是真的小雨，

只是一个古人对小雨的随兴描述。

也许有人设想，

当这个孩子遇到一场现代小雨，

背诵出这几句古诗是多么不俗。

但是，这实在是耽误孩子了，

本来他也有独自感觉的天赋，

独自描写的机遇，

却被一双千年前的手夺去。

不错，人们也有可能产生与古诗相近的情绪，

但那是一种片段式的偶然相遇。

相遇之后又切忌用别人的词句来表达，

因为因袭之弊哪怕一丝一缕，

也是古今不容的文化耻辱。

更麻烦的是，

在几个杰出的古代诗人后面，

又混进来一大堆平庸而嘈杂的衣履，

需要当代孩子花时间照顾。

这实在会把孩子们累坏了，

能不能，

让稚嫩的肩膀少一点陈年的重负？

我对古代诗文如此稔熟，

因此更反对今人沉溺过度。

人生之本，

在自己悠悠内心，

在脚下茫茫厚土。

只有立本之人，

才能从容地说今论古。

我们如果真有魄力，

不妨策动一次反向移居。

看看有多少古人能穿越空时，

移居到今天，

与我们同饮共叙？

首先想到的，

是屈原、李白和杜甫。

唯有诗人中的最高星座，

既可以在五百年前寻路，

又可以在一千年后漫步。

既愿意在人类初醒时吟诗，

又愿意在最终决战中击鼓。

因此，只有他们，

经过稍稍适应就能在今天栖居。

那就一定要把他们请来，

不是让他们带来多少古代词句，

而是请他们成为贯通千年的先驱，

使人们对最高哲学和最高美学，

有更深的领悟。

乡下父亲

魏同学失踪了两天，

终于领着父亲进了校门。

那时，

农村来的同学都自矮三分，

这位同学倒是例外，

出身干部家庭，

祖先是唐朝的魏徵。

来的父亲制服很新，

在宿舍给同学讲了几句官话，

又讲了几句魏徵。

同学们没有怎么搭话，

因为气氛有点过于正经。

谁知一个同学下午与他相遇在草坪，

聊了很久十分开心。

原来他只是普通农民，

是儿子在昨天给他速补了魏徵。

很快他成了大家的明星，

淳朴而幽默的谈吐太让人兴奋。

回过头来都责怪起他儿子，

何必给这么一个老宝贝涂脂抹粉！

这是几十年前的往事，

忽然觉得很近。

魏同学不知去了哪儿，

但哪儿都是"魏徵"。

这些冒名的祖先似乎能给后代加分，

结果都成了脂粉。

既然冒名就没有分寸，

一下子涌出了那么多似老似新的声音，

都在各地以文化的身份，

激情满怀地做各种论定。

他们论定，

这个祠堂自宋以来都在诵读王阳明。

但"宋朝的王阳明"翻脸了：

祠堂上个月才刚刚建成。

他们论定，

这几个村子历来以仁爱为本。

但县志有记，古代和现代的血腥互斗，

至少伤及一半家庭。

他们论定，

此乡富庶，文脉旺盛。

但老人摇头说，

历来都是文盲，

来过一位教师，饿死柴门。

他们论定，

这里的特产就是名人，可谓人杰地灵。

但一查资料，几百年出过九名官吏，

其中三名因贪污而丧命。

他们论定，

这个朝廷文韬武略，让人崇敬，

但记录在案，

人口总数锐减了三成。

他们总在证明——

贫困是俭朴的别称，

帝王是大地的象征，

战争是获胜的焰火，

灾祸是必要的途径……

当年的同学都明白，

伪造一个"魏徵"，

是魏同学错把自欺当作自信，

因严重自卑而虚荣缠身。

那个假人在宿舍的言谈实在难听，

真正可爱的是那个真人，

魏同学的血缘父亲。

尽管那么普通，有点寒碜。

他土朴少文，却谦和诚恳，

最像一个真实的父亲。

由此魏同学和其他同学都懂了，

千万不要为了浮名，

成为一个糟践父亲的人。

因此，我要规劝当今学生：

让真话回到草坪，

让父亲成为父亲，

不要再涂脂抹粉。

历时悠久

历时悠久，必聚腐朽。

莽棘满地，无从行走。

似乎是路，掩盖多少深壑；

重重瘴霾，难得生机残留。

诚然，昏天也有星宿；

诚然，浊世也有巨构。

毕竟，腐朽仍是大数，

美化腐朽，乃是天下第一大丑。

存史，为寻生命潜流；

修旧，须凭当代接受。

前路茫茫，岂能再披祖传蓑笠？

风急浪高，难道再解颓埠老舟？

黄昏

黄昏的魅力，

在于霸道。

容不得半句分辩，

威势的太阳不得不悄悄收敛，

气息渐消。

也不再拒绝西边的脂粉红酒，

大醉酩酊地躲进了山后的帐寮。

那强劲的风，

也被缕缕炊烟缠绕，

经不住香气的诱惑盘旋于树梢。

树梢间飞出一群小鸟，

它们下午还躲着风，

此刻却敢于与它胡调，

叽叽喳喳，一片喧闹。

谦恭的云，

方才还只敢做太阳的温顺属僚，

此刻却反客为主，

以晚霞的名义成了半个天穹的领导。

可惜执掌的时间不长，

很快就被暮色笼罩。

暮色有千般诗意，

但是这位匆忙的过客虽然风雅，

转眼已疲顿、潦倒。

黑夜把暮色一口吞没，

不留下一分一毫。

黄昏如此霸道，

收纳完万象也把自己黑掉。

像一个表情阴郁的先哲，

临别时长眉一挑，

似有某种宣告。

他一定在说：

没有天长日久，

我永远不会迟到。

辉煌也好，

炽烈也好，

峻厉也好，

苦痛也好，

都有自己的黄昏，

很快光热尽耗，烟散云消。

每个黄昏都是结束，

每个结束都不无嘲笑。

嘲笑上午的得意，

嘲笑中午的浮嚣，

嘲笑下午的情调。

嘲笑过后就安然入睡，

等待又一次旭日东升，

又一次雄鸡报晓。

当然，

它们又会被下一个黄昏嘲笑。

因此，睡梦中不必长叹，

也不必心焦。

日夜匆匆容不得诗人的唠叨，

壮士的气恼。

时间会代你长叹和唠叨，

岁月会代你心焦和气恼。

但是时间和岁月如此忙碌，

必然会忘了代你操劳。

——那就全然放下吧，

这就是朝夕之悟，

黄昏之教。

远峰

冰封雪冻，

满耳朔风。

那就紧闭门窗，

寡言少动。

既不想仰望凝冻万象的天穹，

也不想见到哼唧路旁的寒虫。

哪怕是最冷的隆冬，

也保留季节轮替的宽容。

但有时，没有小孔，没有细缝，

只能让人遥忆朦胧的远峰。

远峰之下，

是依稀哲人遗踪，

是繁密壮士荒冢，

是点点绽枝新芽，

是排排凌烟飞鸿。

界外

窗外是挪威海，

已经入北极圈。

天已黑，

雨很大，

浓雾漫漫。

住在这个小旅馆，

一切细节都很陌生，

觉得今夜有点难捱。

恍惚中，

响起了轻轻的电话铃，

听了两句我就站起身来。

她是上海戏剧学院舞台美术系的学生，

毕业后嫁到了挪威。

从报纸知道了我的踪迹，

便想与老院长侃一侃。

我问她住在哪座城市，

她说在一座很远的小岛，

航船几天才一班，

无法过来看我真是不该。

她问起学院的最近动态，

我问她什么时候能回上海。

她笑道，那已经很难。

她丈夫说，

明午有空带她到伦敦，

那儿有些建筑有点像香港，

让她从香港想象上海。

然后她强调一句：

是从想象中的香港想象上海，

而且，两番想象还需要等待。

电话很快中断了，

我在地图上看着挪威海边。

那儿的岛屿连成了排，

但她刚才说了，

她的岛小得连地图也不理睬。

这位女生的婚姻不必由别人来仲裁，

学院也不必等待她在哪天回来。

她对距离、家乡的体验，

已经迈上了一个更高的台阶。

不要为她悲哀，

不要觉得奇怪，

想想多少杰出老人，

愿意在远方将自己掩埋。

这未必是无奈，

也可能是对自己的生命做了更辽阔的安排。

回想她刚才的声音，

平静、潇洒、愉快，

我觉得这位学习舞台美术的女生，

为自己找到了一个特别的人生舞台，

而且，一定很美。

她只有在说两番想象时稍有自嘲，

但又自嘲得很有境界。

生命愿意融入地球的任何角落，

这是一种当代气概。

过不久，

人们将会叩问更鸿蒙的界外。

我希望新一代哲学家，

早做准备。

流
年
回
顾

一岁

即使是妈妈的记忆，

也不是我的开始。

我的开始是第一次睁眼，

随即又迷糊入睡。

待到再次睁眼，

似乎稍有留意。

看见有光微微，

听见有声低低。

这是哪里？

这是人世。

既不陌生，

也不熟悉；

既不惊奇，

也不欣喜；

既无天地，

也无自己。

——好像全未开蒙，

却是我毕生皈依。

大道首尾相衔，

岂可一日放弃。

因此要再说一遍：

既不陌生，

也不熟悉；

既不惊奇，

也不欣喜；

既无天地，

也无自己。

二岁

没有人教，

已学会寻找。

寻找门口的鸡叫，

寻找西窗的晚照。

寻找檐下挂着的冰梢，

冰梢上面停着两只不穿衣服的小鸟。

寻找祖母满脸皱纹的笑，

皱纹后面是香香的锅灶。

寻找床头那一束花，

隔了一夜它已经困了……

没有人教，

天下大美都已经报到。

此后再多学问，

好像都不太重要。

因此我相信了老子，

他说人道终极，

全在婴儿襁褓。

三岁

父母一定是歪打正着，

安排我在乡下初次下脚。

踉跄的我踏上了踉跄的地表，

离开了摇篮，什么都还在摇。

这里的地板保留了树林的粗糙，

这里的泥路簇拥着兴奋的野草。

野草间有点点小花，

小花下有蟋蟀在奔逃。

奔逃到水边我为它惊叫，

它轻轻一笑，跳向一个草垛，

那里可能有它的小巢。

千金小姐回到了石器时代，

妈妈把我送进了一所恢宏的学校。

那是时间和空间的苍茫起点，

从头领略何谓悠久，何谓广袤。

其实历史就在这里，

秦汉唐宋都在泥土上热闹；

其实世界就在这里，

山光水色相差很小。

这里的季节风雨变幻，

从小就懂得了万象如潮。

这里的天地辽阔无垠，

从小就不会自闭自傲。

哪怕风急浪高，

哪怕世事颠倒，

我沾土，

我着地，

我浑朴，

我低调。

举世皆乱我不乱，

举世皆躁我不躁。

千言万语几十年，

记得下地第一脚。

四岁

那天我在桌下游戏，
来了几个美丽女子。
问妈妈可有孩子上学，
妈妈笑着往桌下一指。

美丽女子都有逃婚嫌疑，
我却由此开始了漫长学历。
在一个废弃的尼姑庵，
我闻到了课本的油墨气味。

当时课堂上只用毛笔，
每次下课时我满脸乌黑。
老师抱着我到河边去洗，
洗完又奔跑着把我送回。

那条小河留下了多少墨迹？

那些墨迹渗出了多少距离？

到了鸣鹤？

到了逍林？

到了慈溪？

也算是我已经发表了作品吧，

黑乎乎地交付给故乡大地。

故乡大地没有生气，

知道我迟早会连本还息。

无法偿还的是那些老师，

每节课都抱着我一来一回。

该奇怪为什么其他学生头面干净，

唯独这个却墨色淋漓？

你们现在，

都在哪里？

五岁

田野是童年的魔毡，
飞跃出生命的盛典。
苜蓿野菊全在使劲，
彩蝶飘飘是我的衣衫。

看着城里的用功小孩，
我总是为他们惋叹：
可惜了没有泥污的五岁，
可惜了没有方圆的起点。

那时农村不点灯盏，
怎么会有作业留给夜间？
夜间的作业是读云读月，
读得蒙眬便诗中入眠。

偶尔也有声音响起在河边，

那是敲着船帮的远行客船。

这船会到宁波、杭州、南京、上海，

再从上海到达世界的边沿。

梦中的远方比远方更远，

远到地理老师都无法追赶。

后来我在尼罗河边忽发痴想，

寻找五岁时的家乡小船。

六岁

六岁是山的年龄，

已经看不起平地飞奔。

山离我家不近，

却成天想着攀登。

吴山显然太低，

目标是吴石岭和大庙岭。

那天傍晚放学，

祖母说我妈去了上林。

上林湖边有一家亲戚，

却隔着两座山岭。

我一听浑身是劲，

悄然出了家门。

要瞒着祖母翻山越岭，

好让妈妈大吃一惊。

夜色越来越深，

山路一片安静。

这是虎狼出没的时分，

连风也不敢发出声音。

我也不想招惹它们，

把脚步放得很轻。

大庙岭上有一间小屋，

紧紧关着木门。

门开了，走出一位老人，

大概是乞丐吧，

劝我不要再走，

又递给我一根木棍。

我接过木棍还是往前，

觉得不能因为害怕而丢人。

丢人？丢什么人？

在虎狼前丢人？

在大山前丢人？

在自己前丢人？

这一刻，

我已经成为山间哲学家，

思考着生命的自尊。

终于见到了一个人影，

在月光荒山间袅袅婷婷。

妈妈看到我居然平静，

果然是哲学家的稀世母亲。

当然她也稍稍有点吃惊，

一下把我的手抓得很紧，

又弯下腰来看着我的眼睛。

多少年后，就在这山道边，

我安置了她的灵寝。

七岁

月夜山坡上看着我的眼睛，

妈妈已经做了一个决定。

她曾犹豫却选择了相信男孩，

安静的勇敢会带来最大的可能。

这一带很多人外出谋生，

历来由妈妈读写书信。

她要把这件事交付给我，

一支笔，一叠纸，一盏油灯。

那时节村民们没有隐情，

每封信半个村都挤着听。

小火苗扑闪着一大圈黑色头影，

全盯着那小手写写停停。

大娘低泣小婶抱怨最后都是探问，

幽幽悲欢今夜在这里翻滚。

凡是天下真情，总是词汇很少，语气很多，

小男孩投入了一门庞大的写作课程。

伙伴们心疼我在门外呼喊声声，

去钓虾去采瓜去抓蚯蚓。

我更想爬一爬月下的槐树，

却放不下那么多大人的眼神。

几年后我得了上海作文比赛第一名，

不少人都有点吃惊。

只有我妈妈，

轻轻一笑，把嘴一抿。

再过多少年我的书成了海内外的长年热门，

很多人来打听写作秘径。

答案是，我一直在写信，

前面永远站着收信的人。

八岁

那年秋色正浓，

我有一次荒唐的失踪。

照例哪家找孩子喊几声就行，

但是喊得太久就会全村惶恐。

因为只剩下了两种可能：

一是落水，二是遇到了野熊。

我是村里"第一秀才"，

因为代写书信而被大家看重。

于是各门各户一起着急，

找遍了每一间废屋，每一个树洞。

我终于现身时还两眼惺忪，

原来在灶膛边的暗角睡着了，

祖母没看见，堆了一束干松，

我做了一个又暖又长的梦。

这件小事让我触类旁通，

世人的惶恐背后，很可能藏着从容。

天下太多可能，

不会轻易失踪。

那就且慢悲痛，

且慢冲动，

且慢起哄，

生机往往在朦胧之中。

但是，难道真的不会失踪？

就在失踪事件的那个寒冬，

爸爸从上海回乡宣布，

已经开始搬家的行动。

那么，我还是要失踪。

失踪于乡亲，

失踪于田垄。

失踪于学步的泥路，

失踪于小学的课钟。

失踪于清洗墨迹的小河，

失踪于同村伙伴的笑容。

失踪于寻找妈妈的山道，

失踪于代写书信的灯盏。

失踪于那么多大槐和小树，

失踪于那么多茅屋和烟囱……

就连这些都可以割弃，

还有哪里不可以失踪？

失踪是泪，

失踪是痛。

然而若非此处断然拜别，

岂有别处机缘相逢？

若非此处风消雨歇，

岂有别处潮起浪涌？

我注定是永远的失踪者，

刚刚安身，离心又动，

衣带飘飘，行色匆匆。

早已失踪于世间观瞻，

失踪于万人热衷。

失踪于名位，

失踪于事功。

失踪于业绩，

失踪于专攻。

失踪于评判，

失踪于赞颂。

失踪于传媒，

失踪于沟通。

失踪于聚会，

失踪于公众。

…………

就像八岁时的灶膛，

缩身于懵懵懂懂。

现在多了一位妻子，

彼此相守相拥。

既没有落水，

也没有野熊。

却能见长天孤鸿，

翱翔于千山万峰。

山峰间有薄雾隐约，

百里红枫。

九岁—十一岁

小学毕业到了上海，

却不敢说从哪里来。

柚木玉阶紫铜壁灯，

这所中学过于气派。

男女老师都有点奇怪，

那么多课程汹涌澎湃。

哥白尼、甲骨文、草履虫、

尼罗河、希特勒、华尔街……

周老师的历史课用一串悬念让大家猜，

同学们的答案使他的眼镜都滑了下来。

徐老师用半个学期让我深爱几何，

赢得了全区的数学竞赛。

上海的中学似乎有一支魔杖，

让很多学生都以为已经了然于世界，

无事不知，东方不败。

但是，老师的眉头皱了起来，

一场政治运动正悄悄展开。

音乐课的钢琴有点走调，

英俊的黄老师已经被划为"右派"。

报纸说"右派"就是敌人，

人们要同仇敌忾。

但实在找不到一丝仇恨，

凄美的歌声让我们目瞪口呆。

教古文的刘老师也遭了灾，

却又无人敢来替代，

于是荀子、韩愈都蒙上了污霾，

还搭上了屈原和李白。

从此之后，

我仇恨一切强加的仇恨，

警戒一切强加的警戒。

童年的记忆最难磨灭，

见过迫害只会敏感迫害。

只希望很多黄老师的钢琴流畅无碍，

只希望很多刘老师的李白还是李白，

只希望很多周老师的课程还是那么有趣，

只希望很多徐老师的几何依然精彩。

当年十岁左右的同学，

后来都成了改造历史的一代，

几乎没有例外。

看穿皇帝新衣的是一个儿童，

不错，不要轻视小孩。

十二岁

这是一个欢乐的年份，
多数课程都已经叫停。
所有的学生只做两件事：
打麻雀，捡铁钉。

其实岂止学生，
连大爷也爬上了屋顶。
麻雀会偷吃田间粮食，
一时间成了全民敌人。

这座城市并没有麻雀，
于是更激起了寻找蛛丝马迹的亢奋，
家家户户摇着竹竿天天呼喊，
还是见不到小鸟踪影。

只有我从小在田间相识，

因此有一种坑害老友的愧心。

就怕真的打下来一只，

看到它责备我的眼神。

忘了这事持续了多久，

听说农民很不领情。

那就从农业转向工业，

为了炼钢捡拾铁钉。

几百万人都在捡拾，

哪里还有一枚铁钉？

所有的同学都在低头寻找，

看到半截铁丝就一片欢腾。

据说要让钢产量赶上英国，

这里就会一片强盛。

不知道计算者是否做过如下估量：

半截铁丝，一代青春。

多年后我在曼彻斯特忽生怀旧之情，

中国钢产量早就赶上英国而且已经过剩。

当年寻找铁钉的同学都老了吧？

谁也不关心这条过时新闻。

十三岁—十六岁

不知天地受到了什么诅咒，

庄稼和麻雀一起被赶走。

整整三年恐怖饥馑，

千里城乡面黄肌瘦。

同学们天天互掐手臂，

看浑身浮肿瘪下去一点没有。

那是我们长身体的年岁，

青春在窄缝中做最艰难的搏斗。

我相信生命有一些终极理由，

在无望的困境中创造优秀。

孙老师从哪里找来了世界最新英语教材，

汪老师已经让我们把《论语》读透。

三年后大饥荒终于退走，

才几天男女同学都容光焕发、精神抖擞。

比之于国际同龄学人，

无论学识思维都不以为羞。

只可惜好日子总不会太久，

才缓劲就冒出滔滔高论充溢四周。

我不知道他们想做什么，

但自己历来对大话、套话都难以接受，

现在更是塞住了耳朵转过了头，

细想在这般声浪中何以自救。

终于想明白了——

找一个美的角落，创建艺术的小宇宙。

因此在中学毕业前后，

我已经朝着一个方向疾走。

这就要感谢上海了：

那么多逆时的展览，

那么多远来的鸣奏，

那么多入画的深眸，

那么多入史的小楼……

十七岁

我对艺术有较广的缘分，

至少绘画早已入门。

但终于报考了戏剧，

是迷上了它的仪式气氛。

希腊戏剧家把观众拉到海滨，

以仪式探寻悲剧宿命。

莎士比亚用舞台拷问心灵，

让在场的观众一起仰望人文。

关汉卿改变了舞台功能，

成了审判流氓权势的痛快法庭。

汤显祖让所有羞怯的文人，

在现场直观了生死至情。

聚集在同一空间的是陌生人，

通过一种审美仪式一起提升。

这种现场联结着人类的起点和终点，

成了我必须投身的原因。

走进学院时我十分吃惊，

从来没见过那么多长相出众的男人与女人。

似乎有一种力量磨砺了他们，

一切显得优雅和安静。

看来气氛早已经养成，

一个个美丽的故事即将诞生。

那就没有来错地方，

这个地方也没有招错这个男生。

——多少年后，

他将以院长身份执掌门庭，

执掌得比所有的前任更加充分。

此刻毫无这种预感，

只见他一切随顺，步履轻轻。

十八岁—十九岁

本以为投入了艺术怀抱，

却只见丛丛荒草。

本以为是一座殿堂，

却原来是一个冰窖。

开始几天，我一直等着下一堂课，

但是，下一堂又下一堂，

荒草变成了蓬蒿，

冰窖变成了寒潮。

何处是我企盼的美？

不见踪影，云海缥缈。

所有的课程故意躲着它，

知道它稍有现身，

便会产生干扰。

因此越避越远，

见美就逃。

何处是我投身的戏剧？

倒是还在，却变了调。

台词就像报告，

道具多是枪炮，

角色一眼可认，

剧情全都猜到。

为了摆脱苦恼，

我想换个学校。

化学毕竟有元素实验，

医学终究要诊断配药，

只可怜了文学艺术，

任何外行都可以来谆谆指导。

指导者把握着主题立意，

艺术家只需要加点技巧。

连技巧也不能自行其是，

评论者早准备以笔为刀。

转学没有门道，

却已接到通知，

立即下乡劳动，

接受改造。

想想有点好笑，

我本是农村造就，

为何又要到别的农村改造？

无处可问，

只能收拾被褥，

打好背包。

奇怪的是已下去半年，

回来又要打包。

传达上级指令：

最好的大学在田野荒郊。

偶回上海也进过剧场，

看到了"样板戏"的前期信号。

历史削得如此单向，

情绪变得如此单调。

单向单调再用猛火来烧，

烈烈扬扬让人心惊肉跳。

我为戏剧汗颜，

又担忧某种预兆。

那就躲在农村劳动吧，

没想到，

紧急通知返回学校，

一场风暴已经来到。

二十岁—二十五岁

虽有种种预兆，

谁料一下子山呼海啸、地动山摇。

我不想为这场运动的性质与人争吵，

只提供一项最简单的资料——

我父亲被关押十年，

我叔叔被迫害致死，

他们入罪理由，至今还无人相告，

而我家八口，却失去了十年温饱。

有人说，这段往事少提为好。

但事情并不遥远，

这是一代人的生死血迹，

两代人的苦煎苦熬，

三代人的生命记号。

这是没有米粒的锅，

三次割脉的刀。

父亲一次次向暴徒借钱，

借自家被封的可怜积蓄，

为了给家人买两件过冬的衣袄。

但他从未借到，

借一次，就多一次施暴。

他从地上爬起来，

又去写同样的纸条。

在农场我肩头的皮肉从未愈合，

因为泥泞中的百斤重担天天在磨碾撕咬。

全家存活下来全靠妈妈，

严冬季节还在冷水中洗铁皮，

浑身湿透又赤着脚。

我不是玩史者手上的橡皮，

我不是宣讲者躲闪的微笑，

能够把黑夜说成是白天，

用碎花来掩盖泥淖。

泥淖义深又大，

再度失足的可能其实不小。

忽然想到，

在父亲的铁窗拳脚下，

一直回荡着一种高亢曲调。

冻坏了的妈妈抱肩看了一眼高音喇叭，

几个样板戏实在太吵。

我的专业居然与灾难相拥相抱，

那就必须做点事，

生死一线，冲出懊恼。

似乎出现了一丝依稀信号，

由于形势剧变，

我们回了学校。

然而一看四周，

依然豺笑狼嚎。

父亲仍被关押，

还听那些曲调。

我的院子一片寂寥，

华山路六百三十号。

算起来入学已有五年，

学的是蒙灾之道。

此时我完全可以结业，

内心已坚韧无扰。

二十五岁—三十五岁

听说就要恢复教育，

图书馆已经撕下封条。

我央求一个熟人侧身而入，

就像是一把渴水的枯苗。

中外大师见到我都表情微妙，

蹲在书架上似笑非笑。

他们都记得我曾与暴徒激烈辩论，

要不然他们早已被大火焚烧。

他们不知道我在外面受苦，

躲在这里用厚尘当作护身衣袍。

他们的家乡都在千年万里之外，

各自在沉默中乱梦遥遥。

我与他们细语交谈，

三个月后形成了一个粗略纲要。

我决定在这阴暗的空间，

创建一座鸟瞰世界的文化城堡。

就叫《世界戏剧学》吧，

但在当时，

光这个书名就重罪难逃，

因为戏剧早已成了一个恐怖的巫标。

上海郊区一个故事员被下令处决，

只因讲样板戏时加了点笑料；

著名演员严凤英只是随口几句剧评，

被批判得喝了致命之药；

戏曲史家徐扶明也因两句戏剧议论，

被关进了大牢……

我深知写这部书凶多吉少，

却又把文化的尊严看得很高。

只要留下一些篇页就能证明，

此时此地也有过完整的美学思考。

极度的恐吓能激发极度的咆哮，

有的咆哮没有声音，

却也能够气似古雕。

我想了几天又找到那个熟人，

说是为了复课需要借用不少外文资料。

于是，由亚里士多德的《诗学》领头，

意大利、西班牙、英国的同行逐一报到。

德国一来就占据思维高地，

严密而又深奥。

古代东方也很重要，

婆罗多牟尼艰涩缠绕，

连印度学人也不太知道。

世阿弥和能乐，

六百年前的日本风姿绰约。

一部部词典必不可少，

年长的专家还要苦苦寻找。

那已经是一些惊弓之鸟。

寂寞的街巷老门轻敲。

要不要在书中推出那些危险的思潮？

叔本华、尼采、柏格森的名字，

真会把当时的中国学界吓着。

但是怎么能删除悲剧意志和生命冲动？

我还是恭敬地让出了篇幅，

让这片土地听听夜枭的鸣叫。

我知道自己已经停不下来，

人类的戏剧理想居然如此高超。

如果目光局囿本土只能日渐霉腐，

或者导致样板戏式的极左胡闹。

是我引进了世界，

还是世界把我改造？

我后半辈子的生命基调，

都有狄德罗、歌德、雨果在发酵，

还有黑格尔的精神坐标。

这样的自我已经无所畏惧，

更不会忧郁和焦躁。

只要登上了高山绝顶，

就能俯视脚下的滚滚浊涛。

我知道四周有鹞眼围绕，

但他们毕竟见不到我的书稿。

我干脆又做了几件大胆的事，

便躲到了家乡的一个山岙。

灾难过去，气清天高，

我的书出版后引来了一片惊叫，

我被颂扬成了黑海大船、深夜英豪，

依民意要出而为长，

掌管这所母校。

那年月我天天都在写书，

为建立诸多教材争分夺秒。

妈妈每隔四天送来一些饭食，

后面跟着爸爸，他们都已苍老。

妈妈看了一眼书桌扑哧一笑，

心想当年忙坏了老师的满脸墨迹，

怎么转眼变成了这么多书稿？

三十五岁—四十五岁（上）

仕途的河道里会更换不同的船桨，

我不断被通知要升任别的什么"长"。

我可以离开戏剧，

却无法离开审美现场。

因此以文化的名义毅然辞职，

递了几十份辞呈终于被批准，

批准得非常勉强。

然而，权位是一个怪异的魔障，

要么不上，

上了再辞，

一切都会变样。

如果你在位时很有担当，

敢于清理污垢，

那么等你离职，

污垢就会长久围绕在你身旁。

我倒并不为自己担忧，

却看不得中华文化正在受伤。

要么是名为反思的恶语，

要么是腐朽复古的荒唐。

要么是一无可取的丑陋，

要么是处处抖搂的痴胖。

我必须寻得精瘦强健的中华文明，

用自己精瘦强健的步履和衣装。

于是我辞职后渺然失踪，

流浪在西北，远方的远方。

第一站当然是出塞，

去踏访阳关和高昌。

当时这些路途十分荒凉，

我独自跋涉，

分明听到远年马蹄细碎，胡笳低响。

唐诗的断句总有点凉，

原来沙地都是未化的霜。

气喘吁吁却不以为累，

因为步步都是岑参他们的吟唱。

我与岑参都钟爱凉州，

不同的是，我无鞭无缰。

但是也有一点，我比他们强，

那就是我熟悉更多经典，

心中有世界之鞭，人类之缰。

于是我也就更加明白，

这里曾经有过的气韵，

不应该像现在这样。

每天夜晚，总想写点什么，

我在边塞小旅馆讨得一些粗陋的纸张。

谁知笔墨有翅，霍然远翔，

海内外华人读懂了我的惊悚和凄伤。

不错，几乎半个华语世界都关注起"文化苦旅"，

可见中文底下还有一种共同的暗藏。

那就继续吧，

让脚步和笔触一起流浪。

我不在乎远近名声，

不在乎嫉妒和褒奖，

却在乎直到今天，

黑色的汉字和黑色的眼睛，

还能在唐代的烟尘中一起闪亮。

三十五岁—四十五岁（下）

生命的最大权利不是拥有，

而是放弃。

雕塑家罗丹说了一句傻话：

凿去多余，便是自己。

我处事较少偏执，

但用凿却是用力。

居然干脆地凿去了自己的专业，

凿去了学界高位，凿去了仕途官职，

凿去了一个大系统的呼应和便利，

凿去了一座大城市的追随和会集。

只要发现了其中的一丝虚假，

只要感到了自己的些许迷离，

便立即用凿，毫不痛惜，

片刻间石屑迸溅，

我已在别处振衣。

但是，我的开凿，我的放弃，
多数悄无声息。
虽已断然挥别，
他人并不知悉。
为何如此？
因为真正的病灶总是隐秘。

我的最大隐秘，
是决定把婚事放弃。
有过一个怪诞的经历，
对方不耐教师之贫而去了远地，
多年未告地址。

天下婚事，本是合找一处栖息，
岂料人心陌路，
"多年未告地址"。
我抬头猜想，
这又是世间一大悖逆。

由此我理解了释迦牟尼，

住所毗邻龙华寺，

每天听晨钟暮鼓，

看雀飞燕归。

连家庭都已凿去，

是否凿出了自己？

固然轻松自如，

却又一片阒寂。

渐渐我对自己产生了怀疑，

天下命脉均两相撑持。

小，如双手托举，两脚着地；

大，如阴阳互补，日月轮替。

我一人独处，算是安顿了自己？

解除此种怀疑，

是因为突然见到一个身姿。

这人是谁，为何一见难离？

仿佛是知己，却又岂止是知，

分明是整个自己。

然而，接下来的事情不免惊异：

自己扩大了一倍，

却远不止是两人天地。

由一而二，由二而十，

无限扩大，无边无际，

层层生发至人间边极。

因此我说，

那个人，

让我对世界着迷。

她也因我而着迷世界，

结果，世界也对我们着迷。

不错，

着迷世界的人值得世界着迷。

因此我说，

人生在世，一事足矣，

但这事，我差一点放弃。

四十六岁一

这个年岁就怕固化，

公认的名号如锁如枷。

反向的光亮最让人喜悦，

那又何妨换装出发。

单向长途天色已暗，

偶尔抬头见满天晚霞。

但是晚霞再美也不可长守，

天风浩荡无牵无挂。

名实之间大多悖逆，

相反相成才是天下。

萎弱之苗名曰森林，

半桌之近名曰天涯。

早年我作文夺魁上海，必须演讲，

口舌之拙让全场惊讶。

其实我从小就十分羞怯，

遇到老师点名提问，

也总是脸红口哑。

因此我维持了一个共同评价：

这个年轻人笔顺而言寡。

只要遇到轮流发言的场合，

朋友们总是安排我躲开，照顾有加。

谁料几十年后局势全然变卦，

海内外华语世界都在传话，

这位学者"最会讲话"，

于是出现了奇怪的火辣。

应邀在台湾一轮轮"环岛演讲"，

被国际大专辩论赛推举为首席专家，

而且只要在传媒出马，

收视率总是居高不下。

对此我暗笑自骂：

怎么从磕磕巴巴，几成"一代语霸"？

这中间，

我并未获得过哪种秘法，

也未曾受教于哪位专家。

似乎只是天性轮流转化，

原以为寒冬凛冽，

却隐藏着一个盛夏。

我由此更深领悟，

各种名声和评价，

都只是一时说法。

且也不必去辨别真假，

因为逆力就紧贴着反面，

只有微薄之差。

现在我早已不再演讲，

甚至推托从小就不会讲话。

事实上，多年退缩，

确实已从装聋作哑变成真聋真哑。

享受着讷讷难言的钝朴，

就像骑上了一匹不会腾跃的驽马。

记得几年前在海外几座城市，

因为要全城直播演讲，

我的相片在大街小巷密密悬挂。

但是，只等演讲刚刚开始，

清洁工就把全城相片拉下，

拉到一个垃圾场，

伴和着污泥、碎瓦、煤渣。

一上一下，

成塔成沙。

天下无事可固，

却也无须害怕。

这便是老庄之教，

这便是天地之法，

这便是升沉之秘，

这便是存亡之卦。

我不会讲话？

我最会讲话？

我瑜中有瑕？

我称誉华夏？

一切名声都会转化，

何苦自怨自夸？

即使撞墙也不沮丧，

墙里可能是你前世的家。

转眼又有新困厄，

必须心中先放下。

破墙而出多少回，

走出污泥忽见花。

然而，

墙非墙，家非家，

泥非泥，花非花。

诸名皆空，

因空而大。

那么也该勘破年岁，

四十、五十，

说说便罢。

今后的七老八十，

仍然是平静生涯。

既不担忧，

也不惊诧；

心无呕念，

耳无喧哗。

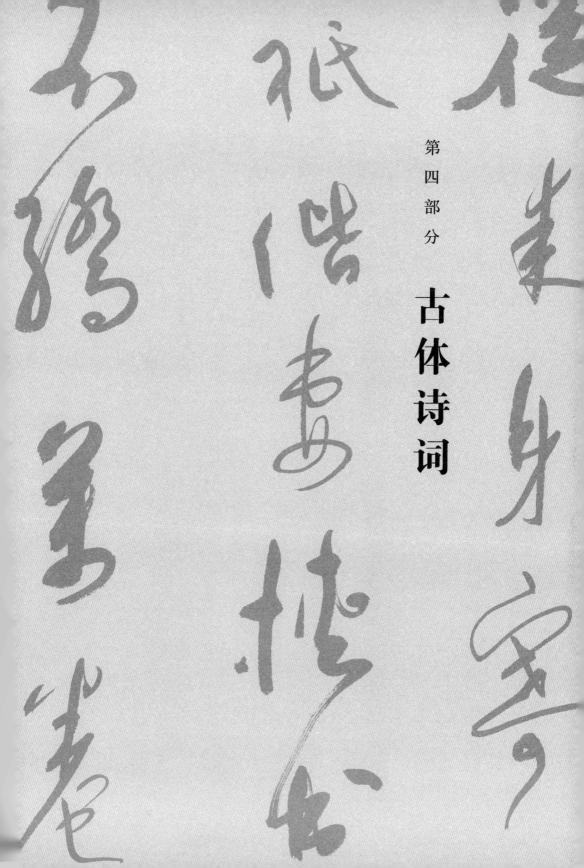

第四部分

古体诗词

水龙吟·自况

从来身寄轻舟，

只偕妻挟书游走。

不骄万卷，

不矜万里，

安于空有。

界域全无，

普天一体，

劝息争斗。

且凿通今古，

千年何别，

缘此刻，

成恒久。

环视世间智叟，

语势滔滔，

徒增仇垢。

故吾一笑，

枭吟狮吼，

皆能享受。

以妒为补，

以谗为赞，

以仁通寿。

此生无可憾，

且持醇酒，

祝祈天宙。

浪淘沙·黑海银桅

二十便遭灾，

亲殁门摧，

薄衫孤步踏残灰。

苦役连年磨静气，

魂魄重裁。

大善泪中栽，

绝顶风梅，

倾心浇灌更崔嵬。

无学之时求至学，

黑海银桅。

踏莎行·苦旅

典籍方凋，

书声已老，

文辞愈挤心愈小。

未颓幼岁越山功，

卸官独自寻唐道。

云冈云收，

雁门雁叫，

千年足迹湮荒草。

我言苦旅岂私怜，

且听八骏犹呼啸。

七律·吾妻

万人空巷忆当初，

千里奔波复频呼。

只为轻官遭雪冻，

又因重品卸云襦。

粉妆洗净回天赐，

争逐皆离享裕如。

挽在我臂妻款步，

耳无喧啸是归途。

七律·写给母校

　　见报得知上海新会路母校主楼以吾名名之，何可
承受，且吟七律一首记感。

　　玉阶檀壁饰铜灯，

　　稚目村童举步惊。

　　脉脉斯文融教室，

　　茫茫宇宙铸心灵。

　　恩师音貌皆缥缈，

　　吾学琳琅出此门。

　　忽报易名秋雨楼，

　　无言羞愧汗沾襟。

七绝·题家壁

满地墨书妻笑点，
空筐宣纸夜来添。
烟蒙小岛荒人迹，
心在初唐驿马间。

七律·中国哲学

青牛漠漠归天道，

灰轺谆谆返绛坛。

明断性善雄者气，

疾呼兼爱侠夫肩。

孤灯理学成宏构，

将阵行知达极巅。

上智绵绵裁四宇，

巍峨不溃万年山。

风入松^注 · 诗禅境

诗声十世变僧钟，

山庙抚苍松。

无边胜景皆吟过，

却惊奇，

意味仍浓。

静坐蒲团顿悟，

禅机尽在其中。

尘滤漫漫在迷途，

终究归朦胧。

如能进入诗禅境，

即深叹，

万象疏通。

颇似风松两融，

清奇直达天穹。

注：唐代名僧皎然自称是山水诗开创者谢灵运的十世孙，常述诗禅之通，写有《风入松歌》，为词牌"风入松"始源之一。

书法选

剋成临大璠视世
曾□坐语论□逢培
仇恨故无一笑渠
□獅吼皆听真义
以媚為補以谗為讚
以仁通壽先生與
可憐只利醉涯祝祈
天宙 水龍吟自況

宋秋岚

水龙吟·自况

从来身寄乐乡
祇惜春憔悴遣去
不鹤罔为卷不群
笔墨寄怀空为累
钱金忘誉天一体
动息与闲且誉通
千古事平何妨缘也

梅似心池滩重崖

觉竹学之時乐玉

学黑海銀桅

泥匀沙黑海銀桅

余新西词年書

浪淘沙·黑海银枪

二十三岁连克九段门
摧群雄……孤步晚残
不肯促进……金牌
静气……重载大
善渡中载绝……

郴江幸自绕郴山，为谁流下潇湘去。驿寄梅花，鱼传尺素，砌成此恨无重数。可堪孤馆，闭春寒，杜鹃声里斜阳暮。

踏莎行 秦少游词 余五书

踏莎行·苦旅

骋子逐涂雄子
诗如挖至家曾
高牧步方芒
喧啸起伸进

七律书事

金栗山诗金 书

美人去巷惊
（草书）

横似往川生道
梅巅上也约之
载卯宇山泥涂石
清美年山

七律中国哲学

余新州白书

青山遂之归

天道虚怀觉悟之

返绎增明象

性善雄吾气

疾呼更生修夫

有孤灯理学成宏

名家论余秋雨

余秋雨先生把唐宋八大家所建立的散文尊严又一次唤醒了。或者说，他重铸了唐宋八大家诗化地思索天下的灵魂。

——白先勇

余秋雨的有关文化研究蹈大方，出新裁。他无疑拓展了当今文学的天空，贡献巨大。这样的人才百年难得，历史将会敬重。

——贾平凹

北京有年轻人为了调侃我，说浙江人不会写文章。就算我不会，但浙江人里还有鲁迅和余秋雨。

——金庸

中国散文，在朱自清和钱锺书之后，出了余秋雨。

——余光中

余秋雨先生每次到台湾演讲，都在社会上激发起新一波的人文省思。海内外的中国人，都变成了余先生诠释中华文化的读者与听众。

——美国威斯康星大学荣誉教授　高希均

余秋雨先生对中国文化的贡献功不可没。他三次来美国演讲，无论是在联合国的国际舞台，还是在华美人文学会、哥伦比亚大学、哈佛大学、纽约大学或国会图书馆的学术舞台，都为中国了解世界，世界了解中国搭建了新的桥梁。他当之无愧是引领读者泛舟世界文明长河的引路人。

——联合国中文教学组前组长　何勇

余秋雨文化大事记

· 1946 年 8 月 23 日出生于浙江省余姚县桥头镇（今属慈溪），在家乡读完小学。

· 1957 年至 1963 年，先后就读于上海新会中学、晋元中学、培进中学至高中毕业。其间，曾获上海市作文比赛首奖、上海市数学竞赛大奖。

· 1963 年考入上海戏剧学院戏剧文学系，但入学后以下乡参加农业劳动为主。

· 1966 年夏天遇到了一场极端主义的政治运动，家破人亡。父亲余学文先生因被检举有"错误言论"而被关押十年，全家八口人经济来源断绝；唯一能接济的叔叔余志士先生又被造反派迫害致死。1968 年被发配到军垦农场服劳役，每天从天不亮劳动到天全黑，极端艰苦。

· 1971 年"九一三事件"后，周恩来总理为抢救教育而布置复课、编教材。从农场回上海后被分配到"各校联合教材编写组"，但自己择定的主要任务是冒险潜入外文书库独自编写《世界戏剧学》，对抗当时以"八个革命样板戏"为代表的文化极端主义。

· 1976 年 1 月，编写教材被批判为"右倾翻案"，又因违反禁令主持周恩来的追悼会而被查缉，便逃到浙江省奉化县大桥镇半山一座封闭的老藏书楼研读中国古代文献，直至此年 10 月那场政治运动结束，下山返回上海。

· 1977 年至 1985 年，投入重建当代文化的学术大潮，陆续出版了《世界戏剧学》、《中国戏剧史》、《观众心理学》、《艺术创造学》、*Some Observations on the Aesthetics of Primitive Chinese Theatre* 等一系列学术著作，先后获全国优秀教材一等奖、上海哲学社会科学著作奖、全国戏剧理论著作奖。

·1985年2月，由上海各大学的学术前辈联名推荐，在没有担任过副教授的情况下直接晋升为正教授。

·1986年3月，因国家文化部在上海戏剧学院举行的三次民意测验中均名列第一，被任命为上海戏剧学院副院长、院长。主持工作一年后，即被文化部教育司表彰为"全国最有现代管理能力的院长"之一。与此同时，又出任上海市咨询策划顾问、上海市写作学会会长、上海市中文专业教授评审组组长兼艺术专业教授评审组组长。被授予"国家级突出贡献专家"、"上海十大高教精英"等荣誉称号。

·1989年至1991年，几度婉拒了升任更高职位的征询，并开始向国家文化部递交辞去院长职务的报告。辞职报告先后共递交了23次，终于在1991年7月获准辞去一切行政职务，包括多种荣誉职务和挂名职务。辞职后，孤身一人从西北高原开始，系统考察中国文化的重要遗址。当时确定的考察主题是"穿越百年血泪，寻找千年辉煌"。在考察沿途所写的"文化大散文"《文化苦旅》、《山居笔记》等，快速风靡全球华文读书界，由此成为最具影响力的华文作家之一。

·1991年5月，发表《风雨天一阁》，在全国开启对历代图书收藏壮举的广泛关注。

·1992年2月开始，先后被多所著名大学聘为荣誉教授或兼职教授，例如复旦大学、上海交通大学、同济大学、上海大学、中国科技大学、西安交通大学等。

·1993年1月，发表《一个王朝的背影》，首次充分肯定少数民族王朝入主中原的特殊生命力，重新评价康熙皇帝，开启此后多年"清宫戏"的拍摄热潮。

·1993年3月，发表《流放者的土地》，首次系统揭示清朝统治集团迫害和流放知识分子的凶残面目，并展现筚路蓝缕的"流放文化"。

·1993年7月，发表《苏东坡突围》，刻画了中国文化史上最有吸引力的人格典范，借以表现优秀知识分子所必然面临的一层层来自朝廷和同行的酷烈包围圈，以及"突围"的艰难。此文被海峡两岸暨香港、澳门的报刊广为转载。

·1993年9月，发表《千年庭院》，颂扬了中国古代最优秀的教学方式——书院文化，发表后在全国教育界产生不小影响。

·1993年11月，发表《抱愧山西》，首次系统描述并论证了中国古代最成功的商业奇迹——晋商文化，为当时正在崛起的经济热潮寻得了一个古代范本。此文发表后读者无数，传播广远。

·1994年3月，发表《天涯故事》，首次梳理了沉埋已久的海南岛文化简史，并把海南岛文化归纳为"生态文明"和"家园文明"，主张以吸引旅游为其发展前景。

·1994年5月至7月，发表长篇作品《十万进士》(上、下)，首次完整地清理了千年科举制度对中国文化的正面意义和负面意义。

·1994年9月，发表《遥远的绝响》，描述魏晋名士对中国文化的震撼性记忆。由于文章格调高尚凄美，一时轰动文坛。

·1994年11月，发表《历史的暗角》，首次系统列述了"小人"在中国文化中的隐形破坏作用，以及古今君子对这个庞大群体的无奈。发表后在海峡两岸暨香港、澳门引起巨大反响，被公认为"研究中国负面人格的开山之作"。

· 1995 年 4 月，应邀为四川都江堰题写自拟的对联"拜水都江堰，问道青城山"，镌刻于该地两处。

· 1996 年 7 月，多家媒体经调查共同确认余秋雨为"全国被盗版最严重的写作人"，由此被邀请成为"北京反盗版联盟"的唯一个人会员，并被聘为"全国扫黄打非督导员（督察证为 B027 号）"。

· 1998 年 6 月，新加坡召集规模盛大的"跨世纪文化对话"而震动全球华文世界。对话主角是四个华人学者，除首席余秋雨教授外，还有哈佛大学的杜维明教授、威斯康星大学的高希均教授和新加坡艺术家陈瑞献先生。余秋雨的演讲题目是《第四座桥》。

· 1999 年 2 月，为妻子马兰创作的剧本《秋千架》隆重上演，极为轰动，打破了北京长安大戏院的票房纪录。在台湾地区演出更是风靡一时，场场爆满。

· 1999 年开始，引领和主持香港凤凰卫视对人类各大文明遗址的历史性考察，成为目前世界上唯一贴身穿越数万公里危险地区的人文教授，也是"9·11"事件之前最早向文明世界报告恐怖主义控制地区实际状况的学者。由此被日本《朝日新闻》选为"跨世纪十大国际人物"。

· 2002 年 4 月，应邀为李白逝世地撰写《采石矶碑》（含书法），镌刻于安徽马鞍山三台阁。

· 从 2000 年开始，由于环球考察在海内外所造成的巨大影响，国内一些媒体为了追求"逆反刺激"的市场效应而发起诽谤。先由北京大学一个学生误信了一个上海极左派文人的传言进行颠倒批判，即把当年冒险潜入外文书库独自编写《世界戏剧学》的勇敢行动诬陷为"文革写作"，并误植了笔名"石一歌"。由此，形成十余年的诽谤大潮，并随之出现了一批"咬余族"。余秋雨先生对所有的诽谤没有做任何反驳和回击,他说:"马行千里,不洗尘沙。"

· 2003 年 7 月,由于多年来在中央电视台的文化栏目中主持"综合文史素质测试"而成为全国观众的关注热点,上海一个当年的造反派代表人物就趁势做逆反文章,声称《文化苦旅》中有很多"文史差错",全国上百家报刊转载。10 月 19 日,我国当代著名文史权威章培恒教授发文指出,经他审读,那个人的文章完全是"攻击"和"诬陷",而那个人自己的"文史知识"连一个高中生也不如。

· 2004 年 2 月,由于有关"石一歌"的诽谤浪潮已经延续四年仍未有消停迹象,余秋雨就采取了"悬赏"的办法。宣布"只要证明本人曾用这个笔名写过一篇、一段、一节、一行、一句这种文章,立即支付自己的全年薪金",还公布了执行律师的姓名。十二年后,余秋雨宣布悬赏期结束,以一篇《"石一歌"事件》做出总结。

· 2004 年 3 月,参加联合国开发计划署《人类发展报告》的设计、研讨和审核。

· 2004 年年底,被联合国教科文组织、北京大学、《中华英才》杂志社等单位选为"中国十大文化精英"、"中国文化传播坐标人物"。

· 2005 年 4 月,应邀赴美国巡回演讲:

1)4 月 9 日讲《中国文化的困境和出路》(在纽约市立大学亨特学院);

2)4 月 10 日讲《中国知识分子的问题所在》(在北美华文作家协会);

3)4 月 12 日上午讲《空间意义上的中华文化》(在马里兰大学);

4)4 月 12 日下午讲《君子的脚步》(在华盛顿国会图书馆);

5)4 月 13 日讲《时间意义上的中华文化》(在耶鲁大学);

6）4月15日讲《中国文化所追求的集体人格》（在哈佛大学）；

7）4月17日讲《中华文化的三大优势和四大泥潭》（在休斯敦美南华文写作协会）。

·2005年7月20日，在联合国"世界文化大会"上发表主旨演讲《利玛窦的结论》，论述中国文明自古以来的非侵略本性，引起极大轰动。演说的论据，后来一再被各国政界、学界引用。收入书籍时，标题改为《中华文化的非侵略本性》。

·2005年11月，应邀撰写《法门寺碑》（含书法），镌刻于陕西法门寺大雄宝殿前的影壁。

·2006年4月，应邀撰写《炎帝之碑》（含书法），镌刻于湖南株洲炎帝陵纪念塔。

·2005年至2008年，被香港浸会大学聘请为"健全人格教育奠基教授"，每年在香港工作时间不少于半年。

·2006年，在香港凤凰卫视开办日播栏目《秋雨时分》，以一整年时间畅谈中华文化的优势和弱势，播出后在海内外产生广泛影响。

·2007年1月，发表《问卜中华》，详尽叙述了甲骨文的出土在中华文明濒临湮灭的二十世纪初年所带来的神奇力量，同时论述了商代的历史面貌。

·2007年3月，发表《古道西风》，系统叙述了中华文化的两大始祖老子和孔子的精神风采。

·2007年5月，发表《稷下学宫》，对比古希腊的雅典学院，将两千年前东西方两大学术中心进行平行比照。

·2007年7月，发表《黑色的光亮》，以充满感情的笔触表现了平民思想家墨子的人格光辉。

·2007 年 8 月，应邀为七十年前解救大批犹太难民的中国外交官何凤山博士撰写碑文（含书法），镌刻于湖南益阳何凤山纪念墓地。

·2007 年 9 月，发表《诗人是什么》，论述"中国第一诗人"屈原为华夏文明注入的诗化魂魄，分析了他获得全民每年纪念的原因，并解释了一些历史误会。

·2007 年 11 月，发表《历史的母本》，以最高坐标评价了司马迁为整个中华民族带来的历史理性和历史品格。

·2008 年 5 月 12 日，中国发生"汶川大地震"，第一时间赶到灾区参加救援。见到遇难学生留在废墟间的破残课本，决定以夫妻两人三年薪水的总和默默捐建三个学生图书馆，却被人在网络上炒作成"诈捐"，在全国范围喧闹了两个月之久。后由灾区教育局一再说明捐建实情，又由王蒙、冯骥才、张贤亮、贾平凹、刘诗昆、白先勇、余光中等名家纷纷为三个学生图书馆题词，风波才得以平息。

·2008 年 9 月，上海市教育委员会颁授成立"余秋雨大师工作室"。上海市静安区政府决定为"余秋雨大师工作室"赠建办公小楼。

·2008 年 12 月，为妻子马兰创作的中国音乐剧《长河》在上海大剧院隆重上演，受到海内外艺术精英的极高评价。

·2009 年 5 月，应邀为山西大同云冈石窟题词"中国由此迈向大唐"，镌刻于石窟西端。

·2010 年 1 月，《扬子晚报》在全国青少年读者中做问卷调查"你最喜爱的中国当代作家"，余秋雨名列第一。"冠军奖座"是钱为教授雕塑的余秋雨铜像。

·2010 年 3 月 27 日，获澳门科技大学所颁"荣誉文学博士"称号。同时获颁荣誉博士称号的有袁隆平、钟南山、欧阳自远、孙家栋等著名专家。

·2010 年 4 月 30 日，接受澳门科技大学任命，出任该校人文艺术学院院长。宣布在任期间每年年薪五十万港元全数捐献，作为设计专业和传播专业研究生的奖学金。

·2010 年 5 月 21 日，联合国发布自成立以来第一份以文化为主题的"世界报告"，发布仪式的主要环节，是联合国教科文组织总干事博科娃女士与余秋雨先生进行一场对话。余秋雨发言的标题为《驳"文明冲突论"》。

·2012 年 1 月至 9 月，最终完成以莱辛式的"极品解析"方法来论述中国美学的著作《极品美学》。

·2012 年 10 月 12 日，中国艺术研究院成立"秋雨书院"。北京众多著名学者、企业家出席成立大会，并热情致辞。该书院是一个培养博士生的高层教学机构，现培养两个专业的博士研究生：一、中国文化史专业；二、中国艺术史专业。

·2013 年 10 月 18 日下午，再度应邀赴美国纽约联合国总部大厦演讲《中华文化为何长寿》。当天联合国网站将此演讲列为国际第一要闻。

·2013 年 10 月 20 日，在纽约大学演讲《中国文脉简述》。

·2013 年 12 月，完成庄子《逍遥游》的巨幅行草书写，并将《逍遥游》译成可诵可吟的现代散文。

·2014 年 1 月，完成屈原《离骚》的巨幅行书书写，并将《离骚》译成可诵可吟的现代散文。

·2014 年 1 月 31 日，完成《祭笔》。此文概括了作者自己握笔写作的艰辛历程。

·2014 年 3 月，发表以现代思维解析《般若波罗蜜多心经》的文章《解经修行》，并由此开始写作《修行三阶》、《〈金刚经〉简释》、

《〈坛经〉简释》。

·2014 年 4 月，《余秋雨学术六卷》出版发行。

·2014 年 5 月，古典象征主义小说《冰河》(含剧本) 出版发行。

·2014 年 8 月，系统论述中华文化人格范型的《君子之道》出版发行，立即受到海峡两岸读书界的热烈欢迎。

·2014 年 10 月，《秋雨合集》二十二卷出版发行。

·2014 年 10 月 28 日，出任上海图书馆理事长。

·2015 年 3 月，再度应邀在海峡对岸各大城市进行"环岛巡回演讲"，自台北市、新北市、台中市到高雄市。双目失明的星云大师闻讯后从澳大利亚赶回，亲率僧侣团队到高雄车站长时间等待和迎接。这是余秋雨自 1991 年后第四次大规模的环岛演讲。本次演讲的主题是"中华文化和君子之道"。

·2015 年 4 月，悬疑推理小说《空岛》和人生哲理小说《信客》出版。

·2015 年 9 月，应邀为佛教胜地普陀山书写《心经》，镌刻于该岛回澜亭。

·2016 年 3 月，应邀为佛教胜地宝华山书写《心经》，镌刻于该山平台。

·2016 年 7 月，中华书局出版《中华文化读本》七卷，均选自余秋雨著作。

·2016 年 11 月，被选为世界余氏宗亲会名誉会长。

·2017 年 5 月 25 日至 6 月 5 日，中国美术馆举办"余秋雨翰墨展"(中国艺术研究院主办)，参观者人山人海，成为中国美术馆建馆半个多世纪以来最为轰动的展出之一。中国文联主席兼中国作协主席铁凝说："这个展览气势恢宏，彰显了秋雨先生令人慨叹的文化成就，使我对先生的为人和为文有了新的感受。"中国书法家协会原主席张海说："即使秋雨先生没有写过那么多著作，光看书法，也是真正专业的大书法家。"国务院参事室主任王仲伟说："余先生的书法作品，应该纳入国家收藏。"据统计，世界各地通过网络共享这次翰墨展的华侨人数，超过千万。

·2017年9月，记忆文学集《门孔》出版发行。此书被评为《中国文脉》的当代续篇，其中有的文章已成为近年来网上最轰动的篇目。作者以自己的亲身交往描写了巴金、黄佐临、谢晋、章培恒、陆谷孙、星云大师、饶宗颐、金庸、林怀民、白先勇、余光中等一代文化巨匠，同时也写了自己与妻子马兰的情感历程。作者对《门孔》这一书名的阐释是："守护门庭，窥探神圣。"

·2017年12月，《境外演讲》出版发行。此书收集了作者在联合国的三次演讲，又汇集了在美国各地和我国港澳地区巡回演讲和电视讲座的部分记录，被专家学者评为"打开中华文化之门的钥匙"。

·2018年全年，应喜马拉雅网上授课平台之邀，把中国艺术研究院"秋雨书院"的博士课程向全社会开放，播出《中国文化必修课》。截至2019年10月，收听人次已经超过六千万。

·2019年至2020年，在全民防疫期间，闭户静心，总结以往研究成果，完成了《老子通释》、《周易简释》、《佛典译释》、《文典译写》、《山川翰墨》这五大古典工程的全部文本及书法。

（周行、刘超英整理，经余秋雨大师工作室校核）

图书在版编目（CIP）数据

余之诗 / 余秋雨著 . — 北京：北京联合出版公司，
2021.10

ISBN 978-7-5596-5507-3

Ⅰ . ①余… Ⅱ . ①余… Ⅲ . ①诗集－中国－当代
Ⅳ . ① I227

中国版本图书馆 CIP 数据核字（2021）第 178185 号

余之诗

作　　者：余秋雨
出 品 人：赵红仕
责任编辑：夏应鹏

北京联合出版公司出版
（北京市西城区德外大街 83 号楼 9 层　　100088）
北京盛通印刷股份有限公司印刷　　新华书店经销
字数 100 千字　700 毫米 × 980 毫米　1/16　15.5 印张
2021 年 10 月第 1 版　　2021 年 10 月第 1 次印刷
ISBN 978-7-5596-5507-3
定价：98.00 元

总 策 划：金克林
封面设计：石　磊

责任编辑：夏应鹏
监　　制：魏　玲
特约策划：何　寅
产品经理：杨海泉
特约编辑：刘　倩
营销统筹：金　颖

排版制作：今亮后声

上架建议：文学　诗歌

ISBN 978-7-5596-5507-3

9 787559 655073 >

定价：98.00元